巧匠不婉約

上

賀思旖 著

文創風 916

目錄

序文

賀思旖

我之前曾在閒暇時，翻閱過一些農門市井的小說，有關於種田的，也有關於經商及美食的。工作繁忙之餘，讀讀這些，彷彿自己也能置身那種「小橋流水人家」和「炊煙裊裊」的悠閒田園生活之中。於是，便想要嘗試寫一本。

然而，選題曾一度讓我的計劃擱淺。種田與美食的題材太過於常見，此類優秀作品比比皆是。宅鬥類的題材，我又不太喜歡，也並不擅長。正在徬徨之際，恰逢好友相約去博物館。在一個單獨的展區裡，我見到不少古代耕作的農具正在展出。

就這樣，以「農門巧匠」為主角設定的靈感由此而生。

這篇文從去年開始動筆，其間因為個人及家庭的各種繁雜事由被耽擱，斷斷續續寫了一年半，直到今年十月才完成。比較慶幸的是由始至終，女主和配角的人設都沒有偏離開文時的最初設定。

從剛開始寫的滯澀艱難，再到中期人物與劇情的相互融合過渡，思路慢慢變得順暢。隨著劇情的鋪陳開展，筆下人物性格的逐漸豐滿，對於我來說都是一種愉悅的體驗。

若讀完這本書，想必所有讀者都會發現，女主在其中是極為幸運的一位女性，她事業和感情雙豐收，可謂是人生圓滿。畢竟我是一直偏愛甜文的，故而小說裡的主角和主要劇情，我一定會儘量使其平安順遂。

但為了使小說整體更貼近生活中的喜怒哀樂，別的配角故事的設定並非如此，比如陶瑩、比如劉小杏。某些事件導致她們遭遇了不幸，當我寫到她們的故事時，心內更多的反而是感嘆和疼惜。所以我在塑造她們時，給了她們柔韌又堅強的內心。

正如南懷瑾所說的：真正的修行是煉心。

另外，也正是因為她們外柔內剛的性格，才能與堅強獨立的女主成為好友。朋友不就是這樣嗎？總是會有相似的性格或愛好，才會走到一起。

雖然目前我沒有太多時間能夠寫作，但寫作仍是我心中不願放棄的執念。相信在未來的幾年內，我還會嘗試寫不同類型、不同題材的小說，都市情感、古風穿越、甚至懸疑推理都在計劃之中。但願以後有緣再與大家分享我寫出的故事。

最後，還要衷心感謝購買此書的讀者們。因為有你們在，所以我仍會在。

第一章

寒冬臘月，六出紛飛。漫天大雪飄揚而下，積玉堆銀似的壘在屋簷街角。往日熱鬧喧騰的寬街窄巷，儼然已成闃然無聲的素銀天地。

白雲縣的家家戶戶都被歲末這場大雪堵住了腳步。

平素最繁華的玉蘭街上，此時不見一個行人，兩排鋪面亦是門扉緊閉。唯有街東頭一家鐵匠鋪中爐火正旺，敞開的半扇木門裡，不時傳出叮咚敲打聲。

薛菀身上的薄舊棉衣根本無法阻擋酷寒，只得顫巍巍的朝凍僵的雙手狠狠哈了幾口熱氣。

她也不想在大雪天出門，但為了不被親爹賣去富戶做丫鬟，她只能到縣上來碰碰運氣，看能否弄些銀子回家救急。

可惜天太冷了，沒人願意出門，她自然就找不到生意。薛菀瑟瑟發抖地縮在鐵匠鋪子旁的角落裡，原本充滿期待的心，因這空無一人的街巷而漸漸變得絕望。

巧婦難為無米之炊。縱使她是魂穿而來的機械設計工程師，腦中有上百個點子，但是沒有客戶、沒有需求，她就毫無用武之地。

看了眼天色，薛菀跺了跺冷得麻木的雙腳，將手攏入長長的袖子內，準備冒雪返家。

恰在此時，不遠處寬敞的官道上，響起一陣馬蹄踏雪之聲。

薛菀回過頭去，只見一輛馬車奔著鐵匠鋪子疾馳而來。馬蹄翻飛，帶起一片雪花四濺，打破四周如山水畫一般的靜謐。

這輛馬車是雙馬並駕，可見車內之人非富即貴。

薛菀心念一動，停在鐵匠鋪門邊，不走了。她有預感，今日應該不會空手而歸。

「吁——」車夫急勒馬韁，兩匹黑色駿馬頓時仰天長嘶，片刻後便堪堪停在鐵匠鋪門口，從裡頭跳出一個十七、八歲的俏丫鬟，急急衝著鐵匠鋪內喚道：「店家！店家！」

「哎來了來了！」鋪子裡應聲奔出一名青壯，大雪天的，他光裸的上身卻滿布汗水，他一邊用布巾擦拭，一邊披上外衫問道：「姑娘因何如此著急？」

兩人一個急著說，一個急著聽，誰都沒注意到一身粗布棉衣、身材瘦小的薛菀悄悄靠近那輛雕滿折枝蓮紋的豪華馬車，正前後左右仔細打量。

丫鬟赤著臉忙對青壯說道：「車馬急行，顛得厲害，我家娘子身子不適，再也禁不得這般顛簸了。還請店家幫忙想些法子！」

青壯聞言當即將那馬車上下細觀一番，又道了聲得罪，掀起貼著緞面的羊皮車簾一角，快速掃了一眼，發現車內墊有彩席軟榻，只得搖搖頭，嘆口氣道：「請恕小人無能。您這馬車造得甚好，布置亦佳，實難再做改進。」

丫鬟以為店家拿翹，眼珠子一轉，從長袖內掏出一個沈甸甸的錢袋，在那青壯面前顛了兩顛。「店家，請務必想想法子。」

青壯一看那錢袋子，明白意思，也急了，抹了把臉道：「不是小的不想賺您這銀子，有錢拿難道我會嫌多嗎？實在是……」

丫鬟急得跳腳，哪想車內傳出一個少年公子清朗的聲音。「翠鶯。」

丫鬟登時噤聲，那公子又道：「店家既然無法，可否告知這附近哪有布鋪？我等再去多買些厚實被褥做墊亦可。」

丫鬟臉都急紅了，還想再逼一番店家。「可是娘子她……」

被褥墊得再厚，效果終究有限。娘子身懷六甲尚不足三月，現下離王家至少還要一個多時辰的路程，這麼顛簸下去恐有滑胎之險。方才大夫剛交代過，難道公子忘了不成？但是賀壽又不能耽擱，否則老夫人又要怪到娘子頭上了。

年紀輕輕的丫鬟沈不住氣，很為自家主子著急。

少年公子的聲音再次傳來。「不可強人所難。」

丫鬟與鐵匠鋪的青壯皆是面露難色，局面一時僵住。

忽的，一道尚顯稚嫩的女音響起。「並非無法。」

車夫與青壯循聲好奇望去，只見車尾旁立著一個瘦小少女，穿一身陳舊的絳紫襖裙，稚嫩臉蛋凍得發白。

丫鬟頓時急得冒火，眼露輕慢，一揮袖子就想趕人。

「去去去，年紀小小的上別處玩。」這都什麼時候了？還有不知輕重的小姑娘來搗亂！

青壯倒是好脾氣，耐著性子勸她。「天冷，小娘子快歸家去吧。免得凍病，妳爹娘該焦心了。」

薛菀表面不動聲色，卻在心裡翻了個大大的白眼。

能不能別這麼以貌取人呀！

「我知您是行家，便對您說吧。」薛菀一臉肅容，直接忽略那瞎蹦躂的丫鬟，對那名青壯說道：「此車的避震……伏兔已足夠寬，抗震效果的確已至最佳。但若還想減震，並非毫無他法。」

幾句行話，讓青壯起了點興趣，心中卻是不信，只順口提問一句。「哦？是何法子？」

薛菀不答，轉頭去看那丫鬟，坦然望著她。「我若當真有法子，妳可做得了主，付得起銀子？」

「妳……」丫鬟聽著這嫩聲細語的問話，登時被氣笑了，還未來得及再開口，她身後的車簾子陡然一掀，從內出來一位錦衣少年。

他著一身蔚藍織錦繡銀絲的交領襴衫，鴉羽似的墨髮用玉冠束起，腰間綴一枚晶瑩剔透的羊脂白玉環，清俊秀雅的面容與白雪相映，在茫茫天光襯托之下，彷彿一株佇立於銀白天地間的清洌紫竹。

丫鬟一見他出了車輿，當即垂首緘口，低眉順眼地喚了聲。「公子。」

那如玉般的公子對她微一頷首，轉而望向薛菀。「她做不得主，我做得，在下姓陸。姑娘不妨先說說法子。」

薛菀險些因這男子的美貌看直了眼，幸而沒在人前失態，只一頓，便大大方方的對他行了一禮，便道：「十二根如指粗的鐵條，還有，十兩銀子。」

說著，薛菀又對著那鐵匠鋪的青壯眨了眨眼。「哦。十兩銀子是我的點子錢。至於鐵料錢和工錢，自是這位陸公子與這鐵匠鋪子另算。」

丫鬟在一旁聽得鼓了鼓腮幫子，瞪了薛菀一眼，倒也不敢插話。

少年公子即刻道：「若真能辦成，銀子自是不成問題。」

青壯見薛菀攀扯到自家，再不能作壁上觀，一臉不信地問薛菀。「妳這小姑娘膽子頗大，張口就是十兩銀子。我若按妳出的點子做，做砸了又該如何算？妳才幾歲啊？家裡也沒來個大人管管妳？」

薛菀抿了抿嘴，不欲與他瞧不起自己而置氣做口舌之爭，只軟聲道：「煩勞大哥取炭筆與紙來，您先按著我畫的試做一根。做出來，您自然能曉得效果。」

一切憑實力說話，最能叫人信服。

青壯一想也對，這陸公子一看就是有錢人，能有人幫助出點子把銀子賺到手，他當然沒有不樂意一試的道理。青壯點點頭，面色認真了幾分，道：「成，小姑娘等著。我這便去取。」

等青壯進屋取來炭筆和紙，薛菀屏除一切雜念，聚精會神地握住炭筆，手腕靈巧地唰唰幾下……不消片刻，紙上赫然出現兩副圖案。

青壯掃過第一眼，沒回過神來，卻見那姓陸的俊美公子見到圖案以後，雙眸一凜，望向薛菀的眼神不再似方才那般清冷，反而多出幾分慎重。這哪裡是什麼小姑娘的手筆？看她這做圖的手勢與成稿，分明就是個熟手行家！

薛菀沒注意到陸公子變了臉色，只伸手指著圖樣對青壯道：「此物名為彈簧，左側是俯視圖，右側是平視圖。大哥可能打一根出來試試？」

雖然能提出方法，可這時代的人是否有能力做出來，她心中仍是忐忑。

青壯聽薛菀一解釋，眉頭緊蹙，一聲不吭地進屋打鐵試做去了。

約莫一盞茶的工夫，那青壯捧著第一根彈簧出來，臉上原本半信半疑的神色早已不見，驚喜連連的對著薛菀道：「小娘子可是得名匠或家父的真傳來的？我已試過，此物甚好！當可解這陸公子一時之困！」

和內行合作，就是這麼方便。那青壯自己做出實物，想必已然知道箇中妙處。

薛菀也知道自己頂著這副介於女童與少女間的瘦小身板，讓人瞧著確實不可靠。便不再言及其他不相關，只接過那青壯手中新打的彈簧，說：「十二根做出來，均等嵌入兩端伏兔之間的車軸。一端釘入車輿底板之下，一端釘入車軸固定。」

薛菀交代完青壯，將那彈簧在手中顛了顛分量，又用手指彈了幾下，輕輕搖了搖頭，對走上前來凝神細觀彈簧的陸公子說：「可惜這鐵的純度不夠，用不了幾日。」

「謝姑娘直言。」陸公子對薛菀點點頭，緊繃的嘴角微微彎起一抹弧度。「能解當務之急已是夠了。」

薛菀對他微一欠身，退到鐵匠鋪子門邊，默默等著青壯做出其餘的彈簧。大雪紛飛，細密而下。

一個多時辰後，天光初褪，馬車也已加上新製的彈簧。

車夫駕車試著跑了幾步，內裡很快便傳來一個端莊柔和的女聲，喜道：「桓弟，那彈簧委實好用！裝上之後，車內顛簸之感甚微。」

陸公子陸桓聞言，緩緩鬆了口氣。他臉上露出笑意，望著薛菀燦若星子的眼瞳，見她眸光閃動間熠熠生輝。遲疑片刻，薄唇輕抿，語氣中透出一絲探究意味，問她。「姑娘小小年紀，卻是好巧的心思。」

薛菀出來大半日，滴水未進，又在屋外站了良久，此時已凍得渾身直打哆嗦，面色發紫，抖了幾下嘴唇，才回道：「不敢當，都是家裡阿爹教得好。」

陸桓聽出她是虛應故事，若當真家有慈父，又怎會在這種凍死人的天氣能安心放她出行？遂從懷中取出銀子，交給丫鬟，並對丫鬟使了個眼色。

丫鬟心領神會，將銀子遞上，開口問道：「敢問姑娘，何以寒冬雪天獨自出門謀生？」

只及陸桓胸膛高的矮小少女眸中一暗，身子也不抖了，臉上露出堅定而倔強的神色，抬頭仰望他，又望了眼那俏麗丫鬟，道：「無他，唯活命爾！」

皎月當空，一輛馬車在茫茫雪夜中飛馳。轍痕猶如兩條長長白練，蜿蜒於通往京城的官道，不多時，便掩於皚皚白雪之下。

車內彩席軟墊，溫暖如春。

望著長姐陸嫻紅潤安寧的睡顏，陸桓徹底放下心來。

「公子，就快到王家宅邸了！」車夫興奮的聲音隔簾傳來。

陸桓撩開窗簾，望了眼遠處如豆丁般大小的燈籠微光，眸光有些迷離。

丫鬟翠鶯為陸嫻掖了掖被角，想起方才那奇特的鄉下小姑娘，不由輕聲嘀咕。

「公子，奴婢今日可算見識了。一個農家再尋常不過的小姑娘，膽子真大。見了我們的車駕與您，竟分毫不顯卑微怯懦，可又不似豪門官家閨閣女子的嬌矜羞澀。真是稀罕！」

陸桓聽了並未言語，只是眼神微微一閃，不知在想些什麼。

薛菀幫鐵匠鋪賺了銀子，那青壯喜不自勝，見她一小姑娘凍得夠嗆，便招待她喝了碗熱熱的肉湯才讓她歸家。

走到村口，便見到爹娘與弟弟，還有大伯薛東帶著大堂哥薛春生和二堂弟薛夏生，正滿村子的尋她。

見她小小的身影頂著夜色，披風戴雪的艱難前行，幾人縱有滿腹言語牢騷，也都悶聲吞進肚裡去了。

薛東拍了拍滿臉焦急憤怒的薛南。「行了，婉兒回來就好。趕緊帶她進屋，煮碗薑湯餵下去。」

薛南重重嘆了口氣，謝過大哥與兩個姪子，將凍得走路都歪歪扭扭的女兒摟進懷裡，挾在腋下跑進堂屋大門。說到底，還是自己造下的孽，才將乖巧懂事的親閨女逼到如今尋死覓活的境地。

還沒進門，奶奶孫氏罵罵咧咧的聲音隔著半舊的門簾傳進薛菀耳內。

「不知天高地厚的賠錢貨！爹娘生養妳一場，動不動就要出去尋死，累得全家跟著忙活……」

薛菀皺起眉頭，聽到那老婦人缺德的咒罵，心裡就來氣。

若不是這刻薄老婦明明有錢卻捨不得拿出來，她的原身主人也不會投河自盡，她也許就不會穿到這個封建的古代農村來。

這個原身的主人名叫薛婉，魂穿而來的自己本名則叫薛菀。

知道自己魂穿之後應該很難再回去，繼承了原身主人記憶的薛菀，剛來時還為兩個名字同音而暗自感到慶幸過，這樣便不怕別人喊她新名字時反應不過來了。

原身薛婉跟著爹娘一起，與祖父母闔家住在一起。祖父母生有二子一女，薛婉的爹薛南是家中老二，上有一位長兄薛東，下有一位三妹薛蓮。

相比於大哥薛東的踏實勤奮，薛南此人顯得有些庸碌糊塗，做事缺少主見，耳根子又軟。久而久之，祖父母自然更偏袒老大。

前幾月，趁村裡農閒，薛南憑著木匠手藝去縣裡找了份工。不料沒多久，居然染上賭癮。起先還只是幾文錢、十幾文錢的小賭，薛婉的娘陳氏好聲好氣地勸過兩回，沒能勸住。

到了後來終於一發不可收拾，臨到快過年，薛南竟然欠下五兩銀子的賭債。五兩銀子在村裡可不是小錢，足以頂上他們這一大家子十幾口人大半年的口糧。薛南這回才急了，找村裡的親戚朋友們東拼西湊，卻也沒能湊夠。

誰料沒過幾日到了下月，賭坊的人來催債，說是隔月賭債未還便要收利錢。利滾利一算，竟陡然翻了一倍，五兩的賭債眨眼就變作十兩。

十兩銀子，都能在縣郊買一畝中等田了！

薛南頓時傻眼，這才硬著頭皮求到自己爹娘的跟前去。

第二章

薛家沒分家，銀錢都由薛南的娘孫氏把持著。孫氏是個能將一文錢掰成兩半花的吝嗇性子，乍一聽聞二兒子欠下十兩賭債，差點沒哭暈過去。被大兒媳婦好一通勸，這才慢慢緩過氣來。至於小兒媳婦陳氏，她一直都不待見。

當年孫氏本想將自己娘家的外甥女嫁給薛南，偏偏這薛南瞧上了村裡落魄秀才家的女兒。

能娶到秀才家的女兒，薛南的爹自是同意的。孫氏拗不過父子倆，只得硬著頭皮應允，可也從此對陳氏記恨上了。

陳氏進門後，無論表現得多麼溫柔賢慧，孫氏就是瞧不上她。髒活、累活都給她做，零用錢大兒媳婦每月都有，陳氏卻總得隔個三、四個月才給那麼幾十文。

連帶陳氏生的一雙兒女，在小心眼的孫氏那兒也沒得到好臉色。

薛婉的小弟還好，怎麼說也是男丁，年紀雖小，人卻聰慧，很得薛家老爺子看重。可薛婉原身怯懦木訥，薛老爺子漠視也罷，重男輕女的孫氏尤其不喜歡。

眼見二兒子闖大禍就要破財，孫氏心痛到恨不得吐血。想了整整兩日，竟提出餿主意。

「二郎啊，不是為娘捨不得銀子，實是家中日子過得緊巴。你大哥家的兩個兒子，還有你的兒子一年光給私塾的束脩合起來就得十二兩銀。還有，你小妹蓮兒開年就十六了，為她準備嫁妝又得花費不少……我和你爹合計了一下，你家大丫才十四歲，不如與那縣上的富戶錢家簽了生契，進錢府做三年丫鬟吧？三年以後出來，也才十七，大是大了些，但也不耽擱親事的。」

薛南起先聽了，驚得瞪直了眼。「娘！您莫與兒子說笑啊！婉兒是您的親孫女啊！」

孫氏抹著眼淚道：「我如何不知？」

薛南急得眼眶通紅，鼻頭也紅。「那您還叫我去賣女兒？再說若論花銷，大哥家兩個兒子要念書，他家桃兒還總做新衣。咱家平日賺的錢多貼了他家幾個娃兒，這也不公平啊！」

薛南不是斤斤計較的人，過日子一向糊塗，但這回聽得親老娘主張讓他賣女兒，總算是清醒了一回。

孫氏捶著胸口，涕淚橫流，怒指小兒子的鼻子就哭罵起來。「你這沒良心的東西！當初為了給你娶那落魄秀才家的女兒，聘禮都比你大哥娶親時用的多兩吊錢！

這你怎麼不提了？況且，那十兩銀子是賭債啊！哪個人叫你去賭的？又不是俺讓你去的！」

一提這事，錯在己身，薛南立刻蔫了。

孫氏乘機給他好一番權衡利弊的勸解，耳根子軟，又被賭債逼得頭痛的薛南聽得稀裡糊塗，只得聳頭聳腦地回了西屋。

薛南的妻子陳氏秉性素來柔弱無爭，自從進了門後成日被婆母訓斥，越發沒了脾氣。她是獨女，前兩年親娘去世，娘家徹底沒了人，孫氏對她的折騰更是肆無忌憚，連帶著薛南也不怎麼把她當回事了。

哪知，一向逆來順受的陳氏一聽要將女兒賣進大戶做丫鬟，竟一改平素溫吞可欺的樣子，一陣呼天搶地，讓薛南頓時傻了。

「當家的好狠的心啊！婉兒是你親女兒啊！你怎麼捨得將她賣了做丫鬟啊？」陳氏抹淚哭喊道。

薛南懊惱不已。「俺也不想啊！可娘說只是簽三年生契，三年之後也不耽擱婉兒尋親事啊！」

「誰不曉得女兒家多是及笄便開始議親？留個三、四年的光景，時間充裕，才能好好挑人家。若等婉兒出錢府過了十七，那鄰近鄉里的好小子早就讓人給挑光了！」

陳氏險些哭斷了氣，抹著眼淚哽咽說：「再說，錢府那是好女兒家去得的嗎？之前劉家的女兒去了，結果如何？破了身子、掉了娃兒不說，連命都差點丟了！那就是個虎狼窩啊！不行，說什麼我也不同意！」

陳氏平日一向溫順，但這次牽扯到女兒的大事，她是分毫不讓。薛南為此大感頭痛。

「劉家的女兒長得好啊！婉兒相貌不如她。只要老實做活，想來應當是無礙的。」

可這回為護女兒，陳氏鐵了心豁出去，薛南說什麼她都不同意。夫妻二人吵了大半晚，到得三更將過，西屋才總算安靜下來。

翌日，薛家二老對二兒子和陳氏吵架的事來了個不聞不問，薛南大哥一家也對老二家要賣女兒這事裝傻。

一大家子人無視陳氏哭腫的眼睛和薛婉陰沈的臉色，假裝和睦地用了早飯，便各自散去了。

莊稼人的屋子本就不大，隔音又不好。薛婉早將爹娘的對話聽得清清楚楚。

即使她才十四歲，也知道去錢府做丫鬟，那便是將生死捏在了別人手裡。她雖是木訥，可在陳氏的教養下能分清狀況。當丫鬟，得罪主家要挨打，被家主和公子們看上了還要被破身做通房；小姐們萬一偷人，那跟著的丫鬟、僕人肯定不是打死就是發賣。

像薛婉這種年紀又是從外頭買進府的丫鬟，是沒資格也沒機會跟在老夫人和當家主母身邊伺候的，甚至連老爺身邊都去不得。她更可能是會被分去公子、小姐或是姨娘院子裡頭做個粗使小丫鬟，這就更加免不了被支來使去，成為貴人們爭風吃醋的犧牲品。

前年他們村裡有戶劉姓人家的女兒去了錢府，因為有些姿色，才去沒幾個月就被他家大公子收為通房、有了身子，可惜少夫人容不下她，將那劉家女弄滑了胎，找個藉口就給打發出府了。

前車之鑒觸目驚心，薛婉打死也不願進錢府這種大戶人家做丫鬟，於是趁著爹娘兄弟們沒注意，狠下心，直接投湖自盡了。這才使得薛菀魂穿到她的身體裡。

薛家女兒投湖自盡，這在青山村可不算小事。族長和里正輪番來薛家了解情況，孫氏不敢逼薛南和陳氏太緊，薛南對哭鬧的陳氏的惡劣態度亦有所收斂。

可眼見賭坊收債的日子越來越近，薛南毫無辦法，只得先和錢府的管事打好招呼，想著拖到最後一日再送女兒過去。

後日便是薛婉進錢府的日子，誰也沒想到昨日一大早，昏睡了兩天的女兒清醒過來，竟誇下海口說要自己賺銀子給他還債。

薛南沒把女兒的話當回事，陳氏亦不信怯懦溫吞的女兒真能賺回銀子，只是一味與薛南哭鬧，看向自家男人的眼光一改往日的溫柔如水，直勾勾的頗為嚇人。

連素來聰慧活潑的小兒子薛敬，近兩日也變得沈默寡言起來。他雖年幼，也知道親姐就要被賣作丫鬟離家了。

薛菀自被救起醒來後，頭一日信誓旦旦的說要出門賺錢，薛南與陳氏見她雙眸炯炯有神，料她不是想再尋死，只當她是外出散心，便由她去了，想著讓她散散心也好，也沒指望她真能賺回銀子。

直到今日大雪鋪天蓋地，暮色漸沈，薛菀卻遲遲未歸，這才嚇得薛家一大家子人出門尋找。

將遲暮才歸家的女兒上下打量個遍，看著她喝下一碗熱氣騰騰的薑湯，臉色逐漸紅潤，陳氏才擦了擦眼角，收了空碗。

婉兒之前投河，醒來後這兩日鬧著要自己掙銀子還債，陳氏未加阻攔，本是懷著縱她逃跑的心思的。

昨日女兒出門時，陳氏就曾偷偷塞給她一只銀鐲子，那是她的嫁妝，她本指望女兒逃跑時可以用得上。只要她在外面躲過幾日，孫氏不可能眼睜睜看著賭坊來討債卻不掏銀子。

婆婆極愛臉面，欠債不還，那可是會影響她在村裡的名聲。況且，家中幾個念書的小子，也會為此被拖累，壞了在私塾中的聲譽。

今日女兒遲歸，陳氏面上擔憂，其實心裡認為女兒已逃走了，誰也沒想到她竟然入夜歸家。

陳氏再度滿面愁容，淚眼汪汪地望著女兒，欲言又止。

薛菀喝完薑湯，又烤了會兒火，身子回暖後，左右瞧瞧，見薛南被孫氏叫走，屋裡只剩陳氏與自己的幼弟，登時挺直身板，目光炯炯地望向陳氏。

這樣的世道、這樣的爹娘，她要是不耍點心眼，以後也別想好過了。

既然都穿越過來，那麼她往後就是「薛婉」了，為了給自己把未來平安小日子的道路鋪平，她決定先從身邊的陳氏開始。給娘親好好洗洗腦，再把薛南的賭癮給戒了，以後她才能有活路。

親爹糊塗、耳根子又軟，親娘柔弱無爭，對目前的她來說，也並不是全無好處。

用挑子撥了撥幽暗的燈芯，薛婉對面前一身舊棉布裙、神色惶然憔悴的婦人，正經八百地說道：「娘，銀子我賺回來了。您且放寬心。」

陳氏霍然抬眸，被歲月侵染的眼角眉梢忽然揚起，原本木愣的眼眸漸漸煥發出光彩。「妳、妳說的可是真話？」

一旁安安靜靜的弟弟薛敬，聞言登時激動得滿臉泛紅，大眼一眨不眨地望著薛婉。「阿姐？真的嗎？」

薛婉點點頭，雙手置膝，左右瞧瞧面前的母子倆，正色道：「真話。」

陳氏驚喜得嘴唇直抖。「這……這太好了！」許是一時高興過頭，陳氏也沒顧得上問薛婉銀子是哪裡得來的。

薛婉微微一笑，墨色瞳眸在昏黃燈火下閃著晶亮的光。

「娘先別急著高興。這關過了，但爹的賭癮若是不戒，往後咱們的日子依然不好過，切莫等到家破人亡，方至追悔莫及。」

陳氏咬住下唇，臉上現出一抹怨憤，她如何不知女兒說的一點未錯。一個模糊的念頭自胸臆浮起，卻聽女兒款款道：「娘，當斷則斷。您與爹爹，和離吧。」

陳氏驚得雙眸圓睜，弟弟薛敬更是從榻沿撲通一聲滑坐在地。

「婉、婉兒？」

「娘沒聽錯，弟弟也沒聽錯。」薛婉眼神堅毅，定定地望著陳氏。「就是和離。」

陳氏心頭一顫，這才驚覺，女兒與自盡之前相比，竟是性情大變了。

下了一晝夜的大雪停了，冬雪初晴，青山村各家各戶的屋頂與門前，皆是白茫茫一片。

日頭東升，大大小小的農家院子裡升起裊裊炊煙。雞鳴狗吠此起彼伏，青山村亦如往日熱鬧。

而此時的薛家，灶間大木桌旁圍著一家子人，老老少少的，皆是悶頭喝著粟米粥，靜悄悄的無一人說話。平常總被幾個小輩爭搶的醃蘿蔔，此時居然沒一個人動筷子挾。

今日巳時，按照原本與錢府管事的約定，薛南便要帶薛婉離家去縣裡了。

薛南的大哥薛東看了眼消沈的二弟，又掃了眼臉色漠然的弟媳陳氏，剛想開口替姪女說兩句話求情，卻被自家的婆娘張氏扯住袖子狠狠瞪了一眼。

飯桌上沈悶的氣氛，立時被這夫妻二人的小動作給打破了。

陳氏默默放下碗筷，從袖中小心捧出一枚銀白發亮的銀錠，擱在桌上，眼神幽幽地望著自家男人，悶聲道：「婉兒絕不能去錢府做丫鬟。這是婉兒昨日掙回的十兩銀，你拿去將賭債還了吧。」

聽著那銀錠擱在木桌上的「咯噠」一聲，薛老頭與孫氏驚得抬起頭，停下筷子。大嫂張氏的最後一口饃噎在了喉嚨裡，薛東、薛南與薛蓮三兄妹互相望著彼此發愣，幾個小的更是驚得掉了筷子。

「二郎家的？」

「婉兒娘？」

「弟妹？」

「二嫂？」

沒有什麼比面前白花花的銀子更有說服力。除了薛婉和薛敬兩個知情人以外，所有人都將目光移到陳氏的臉上，震驚之情溢於言表。

陳氏並不習慣成為眾人目光的焦點，縮在袖子裡的手顫了兩顫，回想起昨夜女兒與自己說的話。

「娘，眼下只是十兩銀，奶奶寧可將親孫女賣了都不肯出，您還指望她以後能善待弟弟嗎？若是大伯家的春哥兒和夏哥兒都能考中秀才，在銀子不夠使時，奶奶一定會緊著大伯家的娃兒去念書，不讓弟弟繼續進學的！」

陳氏看似怯弱，卻並非蠢鈍，平日諸多忍讓只為家宅安寧和順。可如今，一味忍讓後退到居然連女兒也保不住，往後若還如此，豈非連兒子也要遭殃？

薛婉昨夜裡的一番堪比傳銷的勸導之言，在最大程度上捉住了陳氏這一古代二十四孝婦女的七寸，直將她激起了母雞護小雞般的昂揚鬥志。

望著一屋子人驚訝地看向她的目光，陳氏像給自己打氣似的挺起腰板，依著與薛婉商量好的法子，再次語出驚人。

「婉兒爹，你染上賭癮害得婉兒差點被賣，咱們倆緣分已盡。從此你我二人一別兩寬，各自歡喜。和離吧。」

薛婉欣喜地望著這位與尋常村婦無異的婦人，暗自在心中為她文謅謅的說辭叫了聲好。

陳氏是秀才之女，自幼便跟隨父親習文認字，要說起青山村最有文化的女子，她說第一，沒人敢說第二了。這也是當年薛老頭不顧妻子孫氏的反對，硬要薛南娶她為妻的理由。

第三章

不得不說薛老頭那時很有遠見。

村裡的男人大多一個樣子，祖祖輩輩都是地裡刨食大字不識的命，春耕夏種秋收，扛起鋤頭也就比個氣力大小。

若說胸中點墨那是分毫沒有，既然爹們都同在一條起跑線上，那自然是要比娘了。

陳氏與一眾小村姑相比，雖說家中那秀才爹早亡，可到底她也是有識文斷字的基礎。

不出意料，她完勝了孫氏的外甥女，憑著美貌與智慧並存，帶著少得可憐的嫁妝，順順當當嫁進薛家。

薛婉與弟弟薛敬的啟蒙皆由她親自教導，薛婉學得如何暫且不提，可弟弟薛敬相比於大伯家的兩個兒子，即使比他們年紀小了不少，卻已在私塾中展現出驚人的才智，完全不輸兩位堂兄。

近幾年陳氏的娘家人相繼去世，陳氏本人又溫婉無爭，這才讓人忽視了她的出身。現下她一番妙言出口，前面幾個字薛老頭和孫氏沒聽懂，但「和離」二字他們可是聽得明白清楚。

這還得了？兒媳婦提出要跟兒子和離？這簡直是逆了天了！青山村立村百年有餘，休妻的有，夫妻和離的卻是前所未聞。陳氏這平素賢慧乖順的婦人瞧著不起眼，沒想到這次不鳴則已，一鳴驚人！

薛老頭氣得一拍桌子，下巴上的山羊鬍子直顫悠，孫氏則抖著手直接指著陳氏的鼻子就開罵了。「妳這喪門星！妳這賠錢貨！妳算個什麼東西？妳讓二郎與妳和離?!我呸！」一邊罵，一邊將手裡的筷子往陳氏臉上扔。

婆婆罵兒媳，兒媳不能頂嘴，罵得再難聽，甚至是打，陳氏也得受著，這就是孝道大於天。

幸虧薛東的大兒子薛春生眼疾手快，隨即抬手為陳氏擋了一下。

薛婉見此情景，眼睛一亮，心想自己這大堂哥人還不算壞；同時，胸中憋著一口氣，更惱奶奶孫氏了。

薛婉最受不了這個自私小氣的老太婆，悄悄給陳氏遞了個眼神，示意她第二場戲可以開始了。

陳氏收到女兒的目光鼓勵，眨眼便提著袖子哭得滿臉是淚，言辭悲切。

「爹娘勿惱，兒媳也不想如此。可兒媳前兩夜作了個夢，夢見薛家祠堂裡，牌位上的墨跡如黑血般流淌。」說著，陳氏哭噎一聲，又道：「祠堂裡有個老邁聲音哭著訓斥兒媳，說兒媳無能，薛家女兒要送去給大戶做丫鬟，竟護不住。婉兒今後若與人為奴為婢，家裡幾位哥兒倘若真能高中走入仕途，說出去難道不怕丟人？叫薛家男兒如何能在他人面前立足？」

孫氏聽得氣不打一處來，盤子般的圓臉硬生生被這言語氣得扭曲。「怎的？當家的不作夢、我不作夢，偏偏就妳夢到薛家祠堂了？」

「許是婉兒不是您的親孫女吧。」陳氏要麼不鬥，真鬥起來孫氏的戰鬥力根本不夠看。就這一句話，差點沒把孫氏氣出個好歹。

「和離妳想得美！要真不想過了，俺就讓二郎休了妳！」孫氏一雙倒三角老眼死死盯住陳氏，氣得渾身發抖，恨不得吃了她。

陳氏冷漠地望向門外的一片蒼茫天空。

「想休我？那可難了，我未犯七出，娘家又已絕戶。婆婆若真想讓二郎休了我，那恐怕兒媳只能被逼與您對簿公堂了。」掃了眼被噎得直翻白眼的孫氏，陳氏又補充道：「哦。對簿公堂，按照律例，婆婆您也得輸。」

既然已經撕破了臉，陳氏破罐子摔碎，也沒什麼好再怕的了。這招破釜沈舟，徹底將婆媳爭執的局面扭轉。

薛婉在心中忍不住暗暗為陳氏拍手叫好。這可真是不怕媳婦凶，就怕媳婦有文化！

薛東和薛南兩兄弟面面相覷，已然被陳氏的叛逆崛起給嚇得愣住了。張氏撫著胸口在一旁咳了起來，顯是也被妯娌這戳心窩的話給嗆著了。

薛婉生怕事還沒鬧大似的，在一旁苦著張小臉，附和著點了點頭。孫氏見了，臉倏地鐵青。

薛老頭眉頭緊鎖，重重咳了一聲。「都別嚷嚷了！當我死了嗎?!」

家主發話，一屋子人瞬間噤聲。

房中安靜下來，薛老頭陷入沈思。方才陳氏的那番話，著實令他心頭劇震。

陳氏拿祠堂牌位來說事，他便不好再用孝道壓她。這夢若是真的，那祖宗可不是在罵陳氏，分明是在罵他和孫氏刻薄薛家的後代。退一步想，陳氏說的夢可信可不信，最要緊的是，她提及子孫入仕一事，屆時若當真有個做過丫鬟、奴婢的姐妹，那委實太過丟人。

薛老頭本身並不在意薛婉這個木訥孫女，所以孫氏提那主意，損是損了點，可省下銀子轉而用到自己孫子們頭上，他也是樂意的。然而此刻被陳氏的話一點，薛老頭才恍然悟到自己之前思慮狹隘，確實欠妥了。

大郎家的薛春生、薛夏生究竟能不能念好書，薛老頭心裡沒底，可二郎家的薛敬，三歲能識字，四歲便能背詩，在村子裡可是出了名的聰穎。薛老頭就算不為那兩個大的孫子著想，也得為薛敬著想，而且他心裡著實更偏袒疼愛薛敬一些。

家裡孩子多了，難免顧頭不顧尾，厚此薄彼時有發生。薛老頭平時不是不知道，只是他覺得兄弟姐妹之間一同長大，不至於為了一口飯、一件衣便會生出嫌隙。可眼下，被陳氏一鬧，薛老頭終於被點醒，意識到問題的嚴重性了。

如此仔細思量一番，薛老頭眼睛在陳氏肅然的臉上轉了一圈，當下心裡就跟明鏡似的，有了計較。二郎媳婦說的和離，恐怕也不是她真心的。

「二郎家的，婉兒要去錢府做丫鬟這事，咱們今後再也不提。妳將銀子收起來吧，也不用交給妳娘了。二郎欠的賭債由家中來出。」薛老頭語重心長勸道。

陳氏訝然，下意識地掃了一眼身旁的薛婉。孫氏氣得臉上一陣青一陣白，但薛老頭發了話，她也不敢頂撞。張氏則暗暗咬緊牙槽，面上不顯，只敢在心裡頭氣。

薛老頭又說：「至於和離，後頭我請里正寫份和離書來。」

此言一出，除了陳氏與薛婉、薛敬以外，其餘人如遭雷擊，薛南更是目瞪口呆，驚得立起身來大喊。

「爹?!」

薛婉兩眼放光地望著這個便宜爺爺，心想這老頭可真厲害，他一眼就看出了問題的根本所在。

薛老頭把臉吊起，老眼一瞪，對著自己不爭氣的二兒子薛南低吼。「你給我坐下！聽我把話說完！」

薛南急得臉脹紅，卻不敢違背自己老爹，只得憤憤然坐下了。孫氏一見薛老頭這回像是來真的，心裡也不禁生出幾分惶恐。

薛老頭斂起怒容，轉頭看向陳氏。

「和離書我會收著，且會讓二郎按好手印。二郎家的，若是二郎以後再敢出去賭錢，妳就來我這兒，在那份和離書上也按上手印。如此，妳看如何？」

薛婉在一旁安靜的聽著，不動聲色，卻頭一次覺得自己對這薛老頭，應該重新認識一下。她悄悄在腦中摸索著原身的記憶，果然發現了一些很有價值的資訊。

薛家在青山村算是很不錯的人家。早年有幾年年景不好，薛老頭家裡兄弟姐妹多，為了不被餓死，他便出了青山村到縣裡去做工討生活。等他在外頭混跡幾年，帶著八十兩銀子回來後，就從老薛家分家出來單過，蓋房買地，自立門戶。

雖然當時他已經是二十六歲的大齡青年了，可因為與老薛家分了家，又有銀子在身，算是青山村裡的黃金單身漢。他的家世簡單又富有，不愁娶不到好姑娘。當他聽說隔壁村的孫氏貌美又會持家後，立刻就請爹娘帶著媒婆和厚厚的聘禮去提親了。

孫氏比他小了十歲，薛老頭把她娶進門後，平日自然是寵著、讓著她。哪怕他們有了兒子、媳婦和孫子輩的，只要孫氏做得不算太過分，薛老頭對她管家一事都是睜一隻眼、閉一隻眼。何況在他的概念裡，陳氏作為兒媳婦，本就應該凡事都順從公婆。

在原身的印象中，薛老頭是個很縱容婆娘的男人。在一眾小輩面前，除了生計大事外，他很少會插手管家中的瑣事，更不會在小輩面前去拂孫氏這個當婆婆、當奶奶的面子。

當然，碰上與生計大事和家族榮辱有關的，他就不會含糊放縱孫氏了。比如當年老二有幸娶到落魄秀才之女陳氏的事，他就果斷地插手過。

那孫氏是鄉間長大的，一輩子從沒出過縣城，無甚見識可言，只知道讓自己的外甥女嫁入薛家能有個好日子過。可薛老頭年輕時走南闖北，雖不至於見多識廣，可眼光卻比孫氏這沒出過遠門的農門小婦人長遠得多了。

他深知，孫輩若能有個會讀書識字的娘，那將有何等的好處。

再比如當年孫氏覺得二郎家的小兒子薛敬太小，去到私塾跟著兩位堂兄念書那也是浪費銀子。為了多省兩年的束脩銀子，孫氏曾拒絕陳氏讓當時年僅七歲的薛敬與薛春生和薛夏生一同去私塾。

薛老頭知道後，立刻便說：「敬哥兒早慧，早點去讀書便能早點出息，沒什麼不好的。」有了他的維護，薛敬才能與兩位堂兄在同一年入學。

薛婉費勁的將原身的記憶找了個遍，彷彿在偌大的圖書館裡查資料，終於將有關於這薛老頭的事跡給瞭解得七七八八了。

雖然累出一頭細汗，但薛婉覺得還是很值得。單從這為數不多的兩件事來看，薛老頭絕對不是個毫無見識的鄉下老頭。相反，他是個相當精明的老人家。

之前他可能舒坦日子過久了，又重男輕女，所以一時犯了糊塗，才同意孫氏讓薛婉去富戶做丫鬟還債的主意。可如今經兒媳婦陳氏述利害關係，他已徹底清醒了。

薛老頭一眼便看出陳氏並非當真要與老二薛南和離，而是為了能讓他戒掉賭癮，今後踏踏實實過日子才說出的這一番話。身為老爹，他當然願意了。他知道小兒子薛南是什麼德行，之前也在為小兒子染上賭癮默默發愁，只是當時薛南賭的都是些小錢，他才沒狠下心來訓斥。

如今能藉著眼前大事，與兒媳婦聯手嚇唬一下薛南，讓他戒賭，薛老頭高興還來不及。

再加上薛敬一日日大了，孫氏老是偏袒大郎家的薛春生和薛夏生，以後說不定就會讓薛敬吃了暗虧。薛老頭是一家之主，面上不好擺明了偏袒哪個小輩，但他心裡其實更偏疼二郎家的小孫子薛敬。

見自己提出的「和離書」計劃，讓陳氏的臉色鬆動不少，薛老頭乾脆一不做二不休，趁此把在心裡悄然惦記了好幾個月的事在此說了。

「俺與你娘都老了，身子骨一天不如一天。眼下家裡的小輩越來越多，管起來著實累得慌。不如這樣，咱家分家吧！」

此言一出，薛東、薛南和兩人的媳婦再次懵了。

孫氏愣了半晌，立刻顫聲搖頭反對。「當家的，這怎麼使得？」

薛老頭斜睨她一眼。

「怎麼使不得？孩子們大了，妳那一碗水若難以端平，不如放手讓他們各過各的。免得厚此薄彼，以後鬧得如今日這般家宅不寧！」

孫氏難得被薛老頭當著小輩的面訓斥，但她也看出來了，這次若薛老頭不發話，事情很可能一發不可收拾。她順風順水的在薛家過了這麼多年，還是頭一回被老頭子這麼駁面子，一時之間抹不開臉，氣得渾身直打顫，垂下頭去。

薛老頭望著垂頭喪氣的二兒子，說道：「二郎必須戒賭，否則就跟你媳婦和離吧。和離後，你後半輩子也別指望我給你再討媳婦，就打光棍到老吧。」

薛南悶聲點頭。「爹放心，兒子一定戒賭。」

薛老頭滿意了，轉頭問陳氏。「二郎家的，和離這事暫緩吧。」

陳氏咬了咬嘴唇，猶疑片刻，下定決心道：「好，聽爹的安排。」

薛老頭望向一旁鬆了口氣的大兒子。「你等會兒去請族長，還有三叔公、四叔公和里正過來，咱們今日就把家分了。以後你和你兄弟各自有了小家，銀錢也歸你們婆娘自個兒管吧。」

薛東老實地答應了，而張氏臉上悄悄露出一絲喜意。

薛婉將眾人的反應盡收眼底，心想看來分家這事，除了陳氏以外，大堂伯一家也是大大樂意的。

想想也是，兒子、女兒都大了，誰還願意被自己的婆婆把持著銀錢？經濟不自主，日子過得總是束手束腳。

只不過經過這次，陳氏與婆婆孫氏算是徹底結怨了。

思及此，薛婉不經意間嘆了口氣，感覺以後的日子還是不能掉以輕心。

果然，還沒鬆口氣，就見薛老頭的眼神一轉，目光犀利地落在自己身上。

「婉兒，方才妳娘說那十兩銀子是妳掙得的？妳一小小丫頭，短短一日之內，上哪兒賺得如此多的銀子？」

第四章

唉！大麻煩剛過，小麻煩又來了。

薛婉忍不住一陣頭疼，用左手手指悄悄摳了摳右手的手心，腦子飛速轉動起來。

幸而薛南有門木匠手藝，雖說學藝不精，但平時在村裡幫忙做些方桌、木椅的水準還是夠的。以往他刨木頭剩下來的碎料屑子，就造型來說與彈簧十分相像。

薛婉就著這個事情發展，說自己以前撿木料屑子玩耍時，發現那東西拉直後還能彈成數個卷，那日又正好在鐵匠鋪子門口，所以勉強將用鐵條製成螺旋形嘗試著做彈簧一事給扯到了一塊兒。各種巧合之下，方才幫了那位急著趕路的貴公子，得到十兩賞銀。

彈簧這東西，要往深了說，牽扯的可多了去。力學中什麼虎克定律之類的能說一大堆；但要往淺了說，根據形似的刨木頭屑子再結合孩子的貪玩、突發奇想什麼的，對個外行人來講一時也能矇混過去。

而且薛南的木匠手藝是農閒外出打零工時，跟個絕戶的老木匠習得，並非家傳。

薛老頭不是行家，薛婉和他這般那般一通胡扯，他雖仍有疑惑，但也堪堪被薛婉東一句西一句，似真似假又不清不楚的話給說得頭疼，當下不再深究，只叮囑二郎和二郎媳婦，要好好看顧薛婉，還說什麼女娃大了，眼見就要及笄議親，可不能再如此任由她胡鬧下去云云。

這事，總算是勉強揭了過去。

到了下晌，薛家的族長和幾位堂叔、堂伯都來了。

薛老頭按照家中男丁的人數，將自己手上的十來畝地給分出去了；家中鍋碗瓢盆等一應物什各家得一份，若有不夠的，便記下，往後再拿家中的錢去採買添置。

薛老頭年紀大了，與孫氏兩人只留下兩畝地。老大薛東家有兩個兒子薛春生、薛夏生，算上老大，按照一人三畝，總共得了九畝地。老二薛南家只有一子薛敬，便只得了六畝地。還有一頭牛、三頭豬和二十隻雞，薛老頭將牛留了下來，三頭豬一家得一頭，二十隻雞薛東家與薛南家平分，一家得十隻。

分家的起因是由於孫氏出的餿主意所致，薛老頭知道陳氏眼下定然對孫氏和自己有了心結，要是讓他們跟在自己眼前過，整日磕磕絆絆的，這結便會一直解不開，索性將原先在村尾的三間舊屋分給了薛南一家，讓他們等過兩天雪化了就找村裡相熟的幾家一起幫忙修整一番，好快些搬過去。

老大薛東家因為多得了田地，又因不用搬屋，能沾著薛老頭那頭牛的光，當然不會有什麼怨言。

薛南本就在這方面不甚在意，而陳氏因為能分出去單過，不用再在婆婆跟前整日受氣，心氣大順，故而兩家人都對薛老頭的分家很是滿意。

唯獨孫氏一人氣鼓鼓的，覺得今後家中的銀錢再不能歸她自己把持，狠狠瞪了陳氏和薛婉一眼，板起一張臭臉扭身回自己屋裡生悶氣去了。

薛南和陳氏一前一後進了西屋隔間，兩人皆是垂頭不語。但細看之下，仍能發現二人的沈默截然不同。

薛南的沈默中帶著幾分小心翼翼。他從來不知道，素來柔順的媳婦一旦發起火來，竟是個魚死網破。陳氏今日提出要與他和離時，真是將他炸傻了，也將他嚇住了。

薛南心裡很清楚，若陳氏當真要與他和離，以他親娘孫氏在村裡的刁鑽名聲，是不會再有哪個女人肯嫁給他的，他很有可能後半輩子得打光棍了。再說，他當初對陳氏是真心求娶的，又有了十幾年的夫妻情分，情感上更是捨不得、放不下。

「婉兒娘，妳、妳當真要與我和離啊？」薛南瞄著自己媳婦冷漠的側顏，戰戰兢兢地搓著手，大氣也不敢喘一聲。

陳氏身子微微一動，見他那副小心討好自己的模樣，有一點心軟。可想起婉兒昨夜與自己說的話，便蹙起眉頭，硬下心腸，冷聲道：「之前我就勸過你，莫要去與賭沾邊，你偏不聽。眼下若不是鬧僵到這個地步，難不成真要到把婉兒賣了，再讓敬兒斷了念書的前程，你才肯回頭？」

薛南也沒想到這次自己會輸那麼多，再經家裡鬧過這一場，他仔細想想前陣子在賭坊兩次小贏，很可能是賭坊連同那幾個地痞為了狠詐自己這一回而設的套。

腦子清醒後，薛南反應過來，心裡登時突突地猛跳，連忙告饒。

「之前都是我犯糊塗，以後我定然再不碰那害人的玩意兒。踏踏實實過日子，多接點活計，給婉兒存嫁妝、給敬哥兒備念書的銀錢！若我再去賭，那妳就與我和離。我絕無二話！」

陳氏聽他信誓旦旦的，斜睨他一眼，臉色有些鬆動。「此話當真？」

薛南本身膽子就不大，這次吃了狠虧，再被媳婦這麼一嚇唬，倒是真的下定決心不再去賭了，遂舉起三根指頭對天發誓。「當真。若我敢再哄妳、再去賭，就叫我天打雷劈，不得好死！」

陳氏見他一張被風吹日曬的黑臉因激動而發紅，又覺好氣、又覺好笑，終是繃不住臉「噗哧」一聲笑出來，啐了他一聲。「就信你這一回！」

薛南見陳氏差不多消了氣，他稍稍寬下心來，才後知後覺地問陳氏。「婉兒娘，妳昨夜就知道婉兒掙得那十兩銀子了吧？怎不提前和我說一聲，害得我這一夜跟烙餅似的睡不踏實。」

若昨兒和你說了，那今日當著全家的面提和離，哪裡還有這般震撼能嚇住你？嚇住孫氏和薛老頭？

陳氏心中好笑，面上卻不顯，淡淡瞥他一眼，擺明了不想說。

薛南只當她心裡頭憋著氣，和自己賭氣才不告訴他。往細想了想，又自顧皺眉疑惑地嘀咕。「婉兒平日瞧著老實得很，挺悶的一女娃，沒承想心中主意竟是這般大。」

不提還好，提起這個陳氏就氣得胸口疼，抬手用力捶了一下他的胳膊，眼眶忽然紅了，哽咽道：「這都怨你！那麼乖的女娃，尋常連大聲說話都少見，都被你這親爹逼得跳了一回河。好歹給救起來了，閻王殿裡轉過一圈，主意再不大，就真會被她親奶奶攛掇著親爹給賣了！」

薛南心裡一痛，心想還真就這麼一回事。小小年紀就生死間走過一遭，性情大變也並非不可能。

兔子逼急了還咬人呢！更何況是個聰明的小女娃。

自家兩個娃兒性格都隨了他們的娘，文靜好學。不像他和他大哥，看到那直來橫去、彎來繞去的字就眼暈頭疼。婉兒雖然沈悶，可從小沒少跟著陳氏和弟弟看書認字，薛南看在眼裡，也時常惋惜她是個女娃，不能去私塾念書。不然指不定比她弟弟念得還好呢。

如此一想，薛南更是自責，重重嘆了一聲，垂著腦袋，頗為喪氣道：「怨我，都怨我。今後再也不犯這種糊塗了。」

隔著門簾，薛婉聽著夫妻倆你一言我一語的對話，總算緩緩吐了口氣。

這事兒算是擺平了吧……

不待精神徹底鬆懈下來，屋內冷不防地響起一聲嘆息。那嘆息聲像是放心，又像是無可奈何。薛婉心裡跳了一下，將目光移到正坐在離自己不遠處的矮小男娃身上，仔細打量起來。

男娃是薛南的兒子，薛敬，也就是自己這原身的胞弟。雖說九歲半了，可個頭著實不高，像才剛過八歲似的。長相隨了陳氏，面皮白淨，大眼睛長睫毛，是個相當俊秀可愛的小正太。

薛婉也像陳氏多些，皮膚白皙，俏鼻小嘴，但眼睛卻更像薛南，略微狹長，眼尾有些上挑。這對眼睛若生在男生臉上，頗顯威儀，可生在女娃臉上，就顯得有些凶悍了。

薛婉本身不太在意這個，反正只要五官端正就好。在這封建的古代，女子地位低下，長得太漂亮反而不安全。就是這副小個子、小身板，矮，而且乾癟，薛婉很不滿意。

前陣子忙籌錢，沒空觀察，如今發現薛敬也矮，這就更讓她著急了。這證明是基因問題，看薛南、薛東兩兄弟都挺高壯，自己的親娘雖說體型纖細，但個頭也算得上高䠷。莫非原主和薛敬的個子是隨了奶奶孫氏？孫氏那小個子就不高，若當真隨了她，那自己和薛敬以後可別想長高了。

薛婉只顧自己神遊亂想，對面的秀氣小男娃卻開口了。

「姐，別擔心了。咱爹今後一定會改好的。」薛敬眉頭深鎖，白皙的小臉上一副愁苦的小大人表情。

薛婉微微有些驚訝，自從她魂穿過來清醒後，這安靜的小男娃還從沒說過這麼長的句子，都是爹娘說什麼，他頂多就「嗯」一聲應答著。

想必家裡這兩天鬧得凶，他心裡也很不好受，又覺得自己幫不上忙，故而越發沈默。見危機終於過去，他才放下心來勸自己。都說話少的人心思重，看來這話不假。

小男娃這幾日瞧著就是心事重重的樣子。

唉……這都是什麼事啊？弄得一個小正太還要來為自己操心。

薛婉心疼他的乖巧懂事，微微一笑，抬手摸了摸他柔軟的髮頂。「敬哥兒別怕，姐姐沒事的。咱如今和爺爺奶奶、大堂伯他們分家了，等雪化搬了新屋，日子便能好過了。」

薛敬烏溜溜的大眼睛閃了閃，抬頭望著自己的姐姐，露出羞澀靦腆的笑容。「姐姐說得對。」

薛婉被他萌萌的笑容弄得指頭尖發癢，終於忍不住輕輕捏了一下他白嫩的臉蛋兒。「對呢。姐姐以後會變勇敢的，照顧娘，也照顧你。」

這弟弟真是可愛！自己的新家人似乎也不錯呢。以後的日子總還是有一點盼頭的。

臨到立春，青山村的里正和里正媳婦領著各家各戶的壯丁與媳婦們準備祭春神和祭太歲的祭祀牲禮。

村裡四處忙著殺雞宰豬羊，每天都能聽見雞鴨和豬羊的驚叫嘶鳴聲。薛婉頭兩天還覺得這些慘叫聲聽在耳裡令她心裡直發毛，過了兩天便習慣了。

元宵節當日，陰退陽生，生氣始發，萬物復甦。青山村的各戶人家都起了個大早。

薛老頭一大家子先在灶頭的矮桌上點燃三炷香，又將前一日準備好的豬頭肉、羊肉、臘魚、雞鴨與瓜果蔬菜等擺了幾大盤，領著一家子人挨個在這些祭品前磕了頭，期盼春神賜予今年能夠風調雨順，有個好收成。

家裡的祭禮完成後，薛老頭帶著孫氏、薛東、薛南和張氏、陳氏出發去往村中的祭臺處，將薛蓮和幾個小的留在家中看家。

薛婉踏上擦得乾淨光潔的半舊門檻，遙望籠罩在朝陽下冰雪消融的大片田地，村子裡的男女老少們成群結隊的走向祭臺的場景，每個人或黑或紅的臉上都洋溢著對新一年的期盼笑意。

她忽然想到那首描繪立春節氣美景的詩句——

東風帶雨逐西風，大地陽和暖氣生。萬物蘇萌山水醒，農家歲首又謀耕。

遂情不自禁的也從心中湧起一股希冀的念頭，她想要在這裡好好經營人生，快樂地生活下去。

薛南等村裡舉辦祭春神的儀式結束後，找了幾戶相熟人家的壯漢，相約趕在春耕開始之前，幫忙一起將薛老頭分給他的三間舊屋子給修整完。幾個與他一同長大的莊稼漢子二話不說，痛快地應承下來。

那三間舊屋原是薛老頭年輕時，剛回青山村成親時造的，後來薛家一大家子添了丁口住不下，便另起房子搬到村中去住了。

因薛家的田地都在村尾，所以每到農忙時薛家仍會到離得近的舊屋去歇腳，外加用來堆放農具雜物，故而會隔個幾年就將舊屋稍作修整。此時薛南一家要搬過去，整理起來也並不太費勁。

沒幾日，舊屋便在薛南和幾個農家漢子的幫助下修整好了。

薛婉幾乎每天都會去看舊屋的修整情況，心裡對那三間小屋子還挺滿意的。

這個時空的農家小院沒什麼一進、二進的說法，正中一間堂屋，左右各一間差不多大小的屋子，三間房相鄰的牆上都挖了個門，如此方便走動進出。灶房直接修在堂屋靠裡，做好飯便可在堂屋裡用飯。

薛婉與薛南和陳氏提出要在屋子四周立個籬牆。畢竟他們住在偏僻的村尾，與他們隔院相鄰的就只有一戶人家，其餘幾戶住得比較遠。為了安全著想，建個竹籬牆更妥當，至少有道防線。

薛南起先沒覺得不安全，雖說村尾偏僻了些，可他在青山村這麼些年，村裡從未出過什麼駭人聽聞的偷搶事件。然而他心裡總覺得自己之前辦的事虧待了女兒，本著想補償她的心思，欣然同意了薛婉的意見。

薛南人還算勤快，手也巧，他瞧了瞧不遠處一片蕭蕭的野竹林，心中很快有了成算。搬過去隔日，他便去竹林砍了一堆老竹過來，又花了三日在家四周立起了竹籬。

陳氏立在院中，看著新起的竹籬牆，欣慰地嘆了口氣，拍了拍身旁薛婉的手，說道：「唉！以後日子總算有盼頭了。娘可是沾了婉兒的光。好孩子，前陣子委屈妳了。」

第五章

薛婉搖了搖頭，看著陳氏輕笑。「娘說的這是什麼話？一家人，哪來什麼沾光不沾光的？經過這遭，我也算有了點歷練。往後啊，我要變得堅強些，再不讓爹娘為我操心，娘可別嫌棄我變野了才好呢。」

原主的性子實在是悶，雖說自己也不算如何開朗，但好歹是二十一世紀獨立自主的女性，努力考上大學，自己找工作，在工作上也能夠獨當一面，若讓她依循著原身主人的性格過活，她覺得自己肯定會憋死。

不如趁著這次薛家鬧出分家亂子的機會，提前給原主的娘打個預防針，暗示她以後自己可能會發生的改變，而且她也算是走過生死關，這番改變應當不會引人懷疑。

果然說完這話，陳氏又感嘆。

「別說是妳，娘以後也要堅強、厲害點。經過這次，我寒透了心，算是看明白了。妳奶奶啊，是個偏狹又狠心的。我這麼些年忍氣吞聲只為家宅和順，反倒是讓她越發沒個顧忌。要指望她疼妳和敬兒，再不偏心大堂伯家的幾個，那是別想了。」

陳氏說著，眼眶又紅起來，想起女兒差點被賣，仍是後怕惱恨不已。

薛敬默默走到陳氏身邊，抱著她的腰，仰起細瘦的小脖子看她。「娘莫傷心，我也會學姐姐一般，好好念書孝敬娘的。」

陳氏吸了口氣，摁了摁眼角，輕輕撫摸著兒子細軟的髮頂。「敬兒乖，娘現下不傷心了。有你姐姐，還有你這般懂事，娘很欣慰。」

正說著話，竹籬外傳來一道清亮的女聲。「婉兒娘，在家不？」

陳氏一聽是熟人的聲音，連忙走到院子門口，招呼聲透出喜意。「瑩兒娘，這大早上的，妳怎麼來了？快進來。」一邊說，邊將人迎進院子裡。

薛婉循聲望去，瞧見陳氏笑咪咪地領了兩大兩小四人過來。

那兩個大人並排站著，明顯是一對夫妻。

男的和他爹薛南差不多歲數，方臉闊面，濃眉大眼，一張黝黑的臉帶著農家漢子特有的憨實笑容。

女的生得慈眉善目，五官秀美，可惜大約是常下地做農活的原因，皮膚也被曬得黑紅，讓俏麗的相貌大打折扣。一眼瞧上去，也就是長得還算不錯的尋常農家媳婦。

青山村算是個大村，前前後後有百十戶人家。有些人家雖然見過，但平時住得遠，又沒啥親戚關係，薛婉以前不太出門又不愛說話，便只認得個臉熟，素來從無交集。

薛南在修舊屋的時候，薛婉幾次從家裡送飯過去，曾見過這夫妻二人幫著一起在修整房屋。

當時舊屋前後有八、九個壯漢和兩、三個媳婦在幫忙，到處都忙亂亂的，她也不敢上前搭話打擾，放下食物就走了。因此，這夫妻二人對她來說算是陌生的。

陳氏笑著給自家兩孩子招手，跟薛婉和薛敬介紹。「這是你們陶叔和陶嬸，就住在咱隔壁。」

薛婉對兩人禮貌地笑了笑。「陶叔、陶嬸好。」

薛敬還正經八百給兩人作了一揖，像個小書生似的。

陶叔憨笑著點頭。「哎，乖。」

陶嬸倒是比自己當家的大方些，笑著彎起眼睛，對兩人說：「好，都是好孩子。以後閒了，記得來找我家瑩兒和彩兒玩。」說著，往旁邊讓了讓，薛婉這才將注意力移到跟在他們身後的兩個女孩身上。

「來，瑩兒，彩兒，叫人。」陶嬸笑著將一大一小兩個女孩朝前推了推。

「薛嬸子好，婉兒妹妹／姐姐、敬哥兒好。」兩個女孩依言齊聲笑著打招呼，靦腆得好似夏晨初開的睡蓮。

薛婉看清那個年齡大些的樣貌，不由得眼睛一亮。

那名為瑩兒的女孩看樣子應與自己年歲相近，但個頭比自己高了兩寸有餘。她皮膚白皙，五官隨了陶嬸，卻更為出挑，生得柳眉桃花眼，鼻子挺俏，菱唇紅豔，娉婷婉約地站在那裡，腰纖如柳，亭亭玉立。顧盼之間眼波流轉，更顯楚楚動人。哪怕她只穿著一身洗得發白的淺藍舊裙，卻分毫遮不住她清麗嬌美的姿容。

薛婉腦中立時浮起一個模糊的印象。

原來這女孩就是青山村的村花！

她不由暗暗讚嘆，真是個大美人！稱呼村花都是低估了她，放到縣城裡，肯定也是一等一的美人。

年齡小的彩兒皮膚不如瑩兒白，五官也更像陶叔。雖說相貌與她姐姐相比差了一些，但也顯得嬌憨可愛，一對亮閃閃的杏核大眼透著女孩少有的一絲英氣。

薛南從屋子後的小溪裡兜了幾條手掌長的草魚往家走，遙遙望見院子裡站了一堆人，高聲喊道：「三福哥，晌午帶著嫂子和你閨女倆在我家吃飯吧。順帶把之前來幫我修屋子的那幾個大兄弟也叫上！」

喬遷新居後，要請幫忙造屋修房的人來家中吃飯是青山村的規矩。陶三福聽了也不多推辭，痛快地應下了。

陶嬸將手裡提的竹籃往陳氏手裡一塞。「這是我家做的粟米餑餑，還有一塊臘肉，賀妳家新遷，弟妹千萬別與我客氣。」

粟米餑餑是常見的喬遷隨禮，可臘肉對普通農家來說就很金貴了。陶三福家肯送如此的禮，則更是難得。

陶三福在青山村也算是知名的人家。陶三福家兄弟姐妹六個，家裡條件一般。他娘是村裡出了名的刁鑽婆婆，陶嬸李氏嫁給陶三福十多年，只得兩個閨女，在陶家被逼得幾乎活不下去。

幸虧陶三福是個腦子清醒的，寧可只得兩畝薄田，也硬是帶著李氏與兩個閨女分家出來單過。近兩年夫妻倆沒日沒夜的幹活，四處幫人做短工，才算是把自己的兩間破茅草屋給擴成了三間草泥胚的小院子。

見李氏為人爽利，行事又如此大方，陳氏心裡很是歡喜，心想著鄰里是好相與的人家，今後住在這裡一定很舒心，遂笑著叫薛婉。「婉兒，和我去灶間打火煮飯。敬兒……」

本想叫兒子去屋裡搬幾個矮木凳，話還沒說出口，見薛敬已經一手提著一只木凳出了堂屋。「陶叔、陶嬸快坐，我再去拿兩個出來給姐姐們坐。」說著，臉蛋紅紅的，邁著兩條細小的腿又跑進堂屋去了。

李氏一連的誇薛敬乖巧。等他又拎著兩只木凳哼哧哼哧地跑出來，連陶瑩都禁不住摸了摸他的腦袋，柔柔的笑道：「敬哥兒好乖啊。」

薛婉瞧著一院子歡聲笑語，只愣在一旁不作聲。眼見要被拆穿的風險突然而至，旁的她再也沒工夫想了，心裡大急。

怎麼辦……原身主人會做飯，但她不會做飯啊！

雖說她有原主的記憶，但是思想與行為也是要慢慢才能配合與協調的呀！

薛婉慢吞吞地跟在陳氏後面進了堂屋靠裡的灶間，陳氏交給她一把青菜讓她摘完洗乾淨。薛婉臉上凝重的神色才稍微退下去一些。

摘菜洗菜她還能對付，只要她娘別讓她掌勺就好。薛敬像個小尾巴似的，跟著大人忙前忙後。見娘和姐姐進了灶間，於是邁著小腿從院子角落抱來一捆桔稈。

薛婉看他因為家裡來了陌生的女娃，大眼睛時不時用力眨兩下，長長的睫毛顫巍巍，小嘴始終輕輕抿著，像是害羞，又像是拘謹，模樣頗萌。

薛敬的外貌清秀，性格乖巧。望著這樣一個小弟，薛婉忽然覺得稀罕起來，對他親切笑道：「敬哥兒乖，去外面和兩個姐姐玩吧。這裡有我和娘呢。」

薛敬搖搖頭，仰起小臉，輕聲慢語說：「我幫娘燒火，姐姐去摘菜吧。」說罷，走到火灶後的小木凳上坐下，抽出一小撮桔稈，將它對折後放到一旁，接著又去抽了一撮。

此時，陶瑩走進堂屋，邊走邊挽起袖子，微笑著走到薛敬身旁，溫柔地摸了摸他的髮頂。「敬哥兒和你彩兒姐姐去玩吧，我幫你娘燒火。有我們在，你們兩個小的都該去玩。」

陳氏一見陶瑩進來，心想這閨女與她娘一樣大方懂事，勤快賢慧得緊。

在青山村，街坊鄰里哪怕是第一次正式登門，女娃進廚房幫忙打下手也很尋常，並不會被挑理說被拜訪的人家不懂待客。相反，女客願意幫著一道燒火煮飯，還能增進彼此了解，邊話家常邊幹活是村裡相鄰人家一種獨有的交往方式。

薛敬仰著腦袋，臉紅紅地望了一眼漂亮的鄰家大姐姐，輕輕「嗯」了一聲，轉過小身子跑了。

陶瑩見他瘦瘦小小的，跑起來像隻倉皇的小兔子，不禁捂嘴笑起來。

陳氏也一邊淘米一邊笑。「我家這小子靦腆認生，本以為送去縣上私塾念書能好些，沒想到半點兒長進也沒有。」

等薛婉把摘完的青菜洗好，放到竹篩子裡瀝水，薛家小院裡逐漸熱鬧起來。

薛婉抬頭望去，見院子裡站了六、七個莊稼漢，有四個與爹薛南差不多年紀，還有兩個半大小子，約莫十六、七歲左右的樣子。年紀大些的圍在一起大聲說笑，兩個年紀輕的則在一旁不時說個兩句，被身旁年長的漢子們嘲笑幾聲，然後搓起手瞇著眼嘿嘿笑，透著鄉里小夥子常見的一股憨樣。

陶瑩折好桔稈，陳氏已將混著包穀和高粱的粳米倒入一個灶頭的大鍋裡。陶瑩從灶肚後走出來，去取灶臺上放著的火摺子生火。

陶瑩邁著輕盈盈的步子經過薛婉面前。薛婉只感覺一陣清香的風飄過，下意識朝堂屋門口望去，恰好瞧見那兩個年輕小夥子眼睛瞟向陶瑩。

看來愛美之心人皆有之啊……

「婉兒，妳去雞籠裡取隻母雞出來，殺了洗乾淨。」陳氏往鍋裡倒了點油，見薛婉捧著擇好、洗好的青菜發呆，便叮囑她道。

「殺、殺雞？」薛婉愣了一下，臉色有些發僵。她在沒穿越之前，的確是個很獨立、很能幹的女生，但那是指學習和工作。若論到廚房內的功夫，她頂多也就會摘菜、洗菜、擇菜而已，更別提什麼殺雞了。

陶瑩正將一小撮桔稈塞入灶肚，一眼掃見薛婉的嘴角直抽抽，遂悄悄抿嘴一笑，揚聲對她說：「婉兒來燒火吧，我去殺雞。」

陳氏微一皺眉，瞥了眼自家滿臉呆相的閨女，對陶瑩歉然道：「這怎麼好意思？妳頭一回來，就讓妳幹這活兒。」

「嬸子，沒事呢。我在家中也常做的。」陶瑩爽快地揮了揮手，便提起菜刀，走到小院子西側的雞籠去挑了隻母雞出來，拎著那隻雞的翅膀，將雞頭往下一揪，與翅膀緊緊抓在一起，下面擺好一個空的陶碗，手起刀落。

只聽見那隻雞咯咯慘叫兩聲，撲稜幾下翅膀，接著便悄無聲息了。

薛婉睜大眼睛，看著陶瑩手腳俐落的瀝雞血，又取來一盆熱水燙雞毛，開膛清理內臟，心中對她熟練的手法欽佩不已。

此後，薛婉又藉著燒火的時候，悄悄摸魚偷看陶瑩，見她無論是洗菜、切菜，做起來都是得心應手，連眉頭都不皺一下。

原來村花不光生得美，看她那般俐落嫻熟的切洗手法，還是個廚藝大師……

薛婉不禁在心裡總結著，像陶瑩這樣的女孩子，在這裡應該是屬於「一家有女百家求」的典範了吧。

了印證。

果不其然，到了開席的時候，從男女各人的家常閒話裡，薛婉心中的猜測得到

雖說是在農村，沒州府、縣城中的大戶人家那麼多規矩禮節。可是男女還是分桌而坐的，男人們在堂屋裡吃，而女人們則被陳氏安排在東屋裡用飯。

盛飯端菜都由陳氏和李氏來做，而擺筷子拿碗碟這類小事，則由薛敬和陶彩這兩個九歲的小娃來做。

陶瑩和薛婉都已滿了十四歲，陶瑩甚至還比薛婉大了三個月，兩個女娃眼見就要及笄，正到了快要議親的敏感年紀。故而陳氏和李氏不願讓她們在有家外男子的場面露臉，通通趕進東屋去等待開席。

東屋和堂屋之間的隔門沒關，但有厚厚的門簾擋著，雖然看不見，可聲音卻是擋不住。

見兩人的娘在堂屋忙碌，薛敬和陶彩又端著碗盤在堂屋和東屋之間穿梭，薛婉一邊擺筷子，一邊與陶瑩說話閒聊。

以後要做鄰居，而且原來的薛婉也沒什麼貼心的朋友。如今見陶瑩長得漂亮、性子又好，薛婉決定先就近與她和陶彩發展一下友誼，這樣以後日子多少能過得不那麼寂寞。

「瑩兒姐姐，妳是不是很會做飯啊？」

「嗯？農家女娃，哪個不會做飯？」陶瑩接過陶彩遞來的一盤青菜炒臘肉，穩穩地將它擺在用矮凳和木板搭出的簡易飯桌上。

薛婉用食指輕輕摳了摳臉頰，有點窘。「我……就不太會呢。只能給我娘打個下手。」

陶瑩笑。「不會也不打緊。多看看，燒個兩次就會了。」

這時，堂屋有個低沈的男聲朗聲問陶三福。「三福兄弟，你家瑩姐兒沒幾個月便要滿十五了吧？」

第六章

陶三福嘆息一聲。「啊，是啊。六月便要及笄了。」

「嗨。頭幾天，我媳婦娘家妗子來串門，還來問呢。」

另一個漢子的聲音也隨之傳來。「我堂叔家的嬸子昨天也來問我了呢。」

「三福哥可有福氣了，大丫、二丫都是好相貌，又能幹。以後你們可是不愁咯。」

陶三福沒說話，只是嘿嘿笑。

「你就現眼吧！」李氏端了湯出去，笑聲夾在其中，聽著像是對陶三福調侃的。

薛婉以前在職場，什麼沒見識過？就當耳邊風聽過就算，再看陶瑩，卻見她一張白皙的臉龐飛滿紅霞，猶如初夏盛放的海棠花。

見她尷尬羞澀的臉都快滴血，薛婉眼珠一轉，扯開話題。

「瑩兒姐姐，原來妳的生辰在六月啊？」

陶瑩把頭臉埋得低低的。「嗯。」

薛婉接著說：「那我得提前準備準備啊，到時給妳備份生辰禮，定是妳沒見過的。」

陶瑩知道薛婉是在幫自己緩解尷尬，微微抬起低垂的腦袋，感激地望她一眼，輕輕點頭。「好，謝謝妳了。」

東風解凍，萬物復甦，樹梢枝頭偶見點點新綠鑽出。

陳氏見已有幾戶田地多的人家去隔壁陶家借牛耕地。便與薛南商量著，趁這幾日將家中的六畝田先犁一遍。

在穿越以前，薛婉在城市中長大，幾乎沒怎麼見過農家生活。於是便時常跑出去，在鄉野田間轉悠，看那些莊稼漢揮舞著鞭子趕牛耕地。

薛婉本身是個工科女，看見那些農家漢子頂著朝霞揮舞牛鞭子吆喝著，腦中反應的不是初春景致下農人勞作的美感，反而是關注起犁地的犁頭。

她發現在這個村子裡，耕牛身後拖的都是長直轅犁，耕地時回頭轉彎都顯得異常笨重，起土又十分費力，覺得這種犁頭的耕作效率太低。

薛婉在學校的功課很好，讀大一的時候還有時間看一些課餘的閒書。

她想起那段時間，在有本講述古代農耕器具的書上曾有一篇文章是寫耕犁改進的。重點介紹在唐代後期，在江東地區出現了一種比長直轅犁輕便許多的短曲轅犁，那種犁後來被稱作曲轅犁，又稱江東犁。

這種犁的最大優點，是在操作時，犁身可以擺動，機動性好，便於深耕，而且輕巧柔變，利於迴旋。

當時薛婉在看這篇文章時，對長直轅犁和曲轅犁的構造以及力學運用的體現產生了濃厚興趣，還特意去翻過唐朝末年著名文學家陸龜蒙著的《耒耜經》，也將曲轅犁的十一個組件組成都記了下來。

來到這個時空後，薛婉之前的行為一直都是被動反應，先是避免被賣而外出想盡辦法賺錢，後來又動腦筋與陳氏一起搞分家，都不是自己真正有目標想做些什麼。

直到過了正月節之後，再沒什麼威脅她穩定生活的大事發生，自己家又與老院那邊分開，不再受孫氏的刁難，過得比較舒心了，薛婉這才算緩過勁來。

此時見到春耕景象，她的心思有點活泛起來。自己一個工科女，在農村不會種地也不想種地，做飯、繡花之類她也都沒什麼興趣，眼見自己就要變成米蟲廢柴了，再不動動腦子利用一下自身優勢，今後鐵定要被薛婉的爹娘嫌棄。

如此一思量，薛婉便打算先磨著讓薛南做兩副曲轅犁出來。一副拉出來去縣裡賣了，還有一副就留在家中自用或是租借給鄉鄰都行，也算是為自己的小家做點貢獻，掙點銀子改善生活吧。

打定主意，薛婉興沖沖地往家走。迎面遇見幾個端著木盆的少女和婦人往河邊走，看樣子像是要去洗衣服。

薛婉正想著，這才剛到立春，河裡的水仍冰涼入骨，這幾個女的怎麼不在家中洗，非得往河邊跑。接著就見有幾個小夥子扛著耒耜從後面超過自己，與迎面那幾個梳著髮髻的少婦和少女大聲招呼說笑，薛婉心裡頓時明白了。

看來，即便是在封建社會的古代農村，有那羞澀懂得避人的姑娘，比如陶瑩；也自然會有那喜歡往外跑的奔放女生，比如走在眾女子中間那個笑得露出一口白牙的少女。

那名少女皮膚不如陶瑩白淨，身材卻比陶瑩要豐腴一些，尤其是一對高挺胸脯，一眼望去很是奪目。她生了張瓜子臉，鼻子與嘴唇長得普通，但在說笑時，一雙彎起的狐狸眼十分招人。

當薛婉望過去時，她也正好瞟過來，眼皮翻眨間似笑非笑，帶出一股說不清的風情。像是少女的嬌羞，卻又夾雜一絲鄉村女子少見的魅惑。單就這雙眼睛，使得她原本平凡的相貌硬是加了數分。

如果美的滿分是一百，薛婉在心中給陶瑩打九十六分，給她則打了個八十五的高分。

兩人目光相對，那少女停了腳步，與薛婉相距不過三、四尺的距離，揚聲招呼她，聲音脆亮。「婉兒妹妹好些了？」

薛婉的腦海中霎時浮起原身的記憶。與自己說話的少女名叫牡丹，比陶瑩整整大一歲，現年還差三個月便滿十六歲了，家裡開著一間豆腐坊。遂微笑點頭，禮貌的與她打了個招呼。

「好些了，牡丹姐好。」

牡丹勾起嘴角，抬手按了按鬢邊的碎髮，細聲細氣的說：「怎麼瑩兒妹妹沒與妳一道出來？今兒日頭怪好呢。」

薛婉被她問得愣了，怎麼忽然問起陶瑩？難道這牡丹與陶瑩是很要好的姐妹淘？

「呃……她大概在家裡頭做飯吧。」

牡丹身旁幾個剛成親的小媳婦見薛婉一臉的呆愣相，紛紛捂嘴輕笑，牡丹也跟著笑出聲來，那笑容讓人覺得意味深長、不太舒服。

薛婉被她們笑得莫名其妙，習慣性的用食指摳了摳鬢角，點了點頭，算是對她們打過招呼就轉身家去，往回走時，身後還不時傳來幾個年輕媳婦陰陽怪氣的調笑聲。

「照我說呀，還是牡丹更大方些，那陶家丫頭雖然長得好些，就是個上不了檯面的。」

「就是，整日在家中做飯，難道做得好，還能飛上天了不成？」

「李家雖還沒上妳家提親，可也沒使媒婆去陶家問過他家大丫的親事啊。牡丹妹子，妳先放寬心……」

原來是鄉里姑娘們為了如意郎君爭風吃醋的戲碼啊！

薛婉聽了幾句，在心裡嘔了一下，對在人背後嚼舌根的行徑很是瞧不上眼。果然是還沒到農忙，太閒了麼……

回家時，陳氏正拿著木棒在大木盆子裡洗打衣服。冬日的中衣都是要穿十多天才換一次，所用的苧麻編得又厚實，洗起來頗為費事。

陳氏一邊洗，一邊往盆裡又添了一把草木灰。見女兒從外頭回來，抬手用手背蹭了下臉側流下的細汗，笑問：「婉兒今日都去哪裡了？肚子餓不餓？」

薛婉見陳氏那般辛苦勞作，自己卻在外面閒逛，她也沒責怪自己，反而還關心自己。心裡有愧，趕忙捲了捲袖子，蹲下幫她一起搓洗起衣服來。

「娘，我方才在外頭遇見牡丹姐姐了。她還和我打招呼呢。」其他人沒怎麼接觸過，但親娘總不至於騙自己，薛婉打算先從陳氏那邊挖點八卦，於是起了話頭。

陳氏一聽，手上一頓，臉兒沈了沈，語氣淡淡的。「啊，咱家和他們不太熟，住得也遠，婉兒若想找女娃玩，還是去找陶叔家的瑩姐兒與彩兒妹妹玩吧。」

薛婉心領神會，立刻領會了親媽的意思。親媽人品好，不愛說人是非，所以才如此委婉的告訴自己，別和牡丹來往，要交閨密就得找那老實的姑娘。沈思片刻，薛婉發現剛才從牡丹的行為舉止來看，比起其他女娃，的確顯得輕浮、不莊重。

得到有用的消息，薛婉便不再多想，轉了話題，問：「娘，爹呢？」

陳氏神色溫婉地看了眼女兒。「妳爹去犁地了。」

薛婉奇道：「這麼早就去了？咱家才六畝地啊！用得著這麼早去犁嗎？怎麼不再等幾天？」

陳氏將其中一件洗完的衣服拎起來，扭乾了水放到旁邊的空木盆裡。「咱家剛分出來，地也不多，妳爹便說不去找陶叔家租牛了，他用耒耜提早犁起來，便不耽誤後面的活計，還能多省幾個大錢。」

薛婉一想也是，於是笑了笑，另起話頭。「娘，咱們犁地的犁與別家都是一樣的嗎？」

「一樣啊。怎麼了？」陳氏奇怪的回道。

「都是直轅的犁？」

「對啊。婉兒，妳到底想說啥？」

「娘有見過別的式樣的犁嗎？」

「有。有比咱家大些的，也有比咱家小些的。」

所以，也就是說除了大小，目前這時空的犁的式樣應該都是長直轅犁了。

薛婉點點頭，在心中總結。

陳氏擔憂地看著她。「婉兒，妳究竟怎麼了？」

薛婉耐心和陳氏說明。「娘，我之前去縣裡找活計的時候，翻到一本有關農具的書。看見裡面提到一種曲轅犁，是在南方造出來的。說那犁頭耕地更輕便，我就將那犁頭的做法記下來了。等爹回來，我想請他做兩副，咱自己留一副，然後賣一副，妳說怎麼樣？」

陳氏停了捶衣服的棒子，抿嘴想了想，覺得用到錢的地方也就是一些木料和鐵料，木工活當家的就能做，若真能像婉兒說的做出來，給家裡賺點銀子倒無甚不妥。

陳氏這幾日也在思索著能給家裡添點進項的方法，婉兒這點子出來，說不定真能行。

反正近兩日婉兒爹不忙，有的是空閒時間。就算他將木料做壞了，也不過是費點原料錢，之前婉兒賺來的銀子盡夠補上了。

「行，這事娘贊成。等妳爹回來，妳問問妳爹。」

陳氏點頭答應，心裡想著婉兒經歷之前的糟心事，並非全無益處。女兒像是一夕之間長大了，不但主意多起來，還能為家裡著想，她這當娘的可不能輕易阻撓她，免得她心裡還有鬱結解不開，憋出病來才是糟糕。

薛南回來後，薛婉又將自己的想法說了一遍，陳氏在一旁幫腔。

薛南雖然覺得女兒變得很怪異，但也沒怎麼反對。在他心裡，總覺得還虧欠女兒，故而後來便同意了。

與薛婉兩人嘀嘀咕咕商量了兩日，薛南按照薛婉畫的圖紙，與她一邊摸索一邊花了數日做出第一把曲轅犁。

連忙找隔壁陶家借來耕牛，套上新打的犁在田裡試用了一番，效果當真令人驚喜，不僅省時，而且省力。同樣一畝地，用曲轅犁來耕作，比用原先的長直轅犁省了將近一半的時間。

陶三福和李氏一聽薛南說這新耕犁是薛婉在書上看來的，眼睛直發亮，心下對薛南有個會看書識字的女兒豔羨不已。

陶三福拍著薛南的肩頭呵呵笑。「薛老弟，你也別羨慕我家兩個女娃生得好。你家這女娃啊，是個有心會動腦子的，敬哥兒又乖巧。我還羨慕你有這麼好的兩個娃子呢。」

薛南聽了，喜得見牙不見眼，直搖著手說三福哥說得太過了，內心卻對自家的閨女更加稀罕起來。再想起之前聽了自己老娘的話，差點拿她賣掉還賭債，心裡就一抽一抽的疼得後悔，暗暗發誓往後再也不幹這種豬油蒙了心的蠢事。

當天回家後，薛南即刻動手打起第二把曲轅犁。尋思等新犁一做出來，就拉到縣上做工的那家木匠鋪子賣掉它。

白雲縣最繁華的街道應屬錦蘭街。不同於上次薛婉在大雪天中見到的清寂蕭瑟，此時正值春回大地，錦蘭街亦是一片熱鬧氣派的景象。

寬敞潔淨的街面能容四輛馬車並排同行，臨街兩旁的商鋪鱗次櫛比，各色高矮酒坊、酒樓參差林立，布鋪衣舍隨處可見，五顏六色的招牌布迎著朝霞隨風招展，令人目不暇給。

巳時的陽光曬得人暖融融的，薛婉抬手遮在眼前，擋住明晃晃的日光，小心避開左側與自己擦肩而過的一位貨郎，不防右側又有一輛板車經過。板車上擺滿了琳琅滿目的帕子與荷包之類的小東西，勾得薛婉不禁睜大雙眼瞧個不停。

「婉兒，仔細避著些。」薛南在薛婉前面一邊趕著牛車，一邊回頭說。

「哎！」薛婉應了一聲，避過身旁經過的一輛馬車，問：「爹，普通的耕犁在你做工的那家鋪子裡，要賣幾錢？」

薛南回憶道：「怎麼也要一兩五錢銀子。有的大些的，木料、鐵料都用的多，能賣到二兩呢。」

薛婉想起之前讓薛南去鐵匠鋪裡訂製的鐵犁頭花了四百文，再加上兩百文的木料，成本在六百文左右，俗話說三分工七分料，還得再加點發明費，於是道：「那咱這新犁就賣二兩六錢銀子吧！」

薛南有些難以置信，回頭驚訝的問：「咱這木料比舊式的犁用得少，怎麼反而多要錢啊？」

薛南原想著只收個一兩六、七錢銀子就算是好的了。

薛婉總不能和他說這是新產品的開發設計費，想了想，便說：「那不能這麼算啊！咱這新犁用起來輕便靈巧，犁地又快。長久算來，肯定比舊式犁對買主有益處得多啊！」

第七章

薛南聞言，覺得薛婉腦子聰敏，登時樂了。

「我閨女這麼一說，還真是！那咱就賣二兩六錢銀子試試。」

他們一家兩大兩小剛分家出來單過，即便糧食與菜都能自己種，可一年到頭的吃穿用度、過年過節與鄰里鄉親的禮節往來，怎麼算也會有三到四兩銀子的耗費。若真按薛婉的定價賣這新犁，那這一趟下來就能淨賺二兩銀，夠他家半年的花銷了。如此一想，薛南又覺得心跳得厲害，暗自高興起來。

趕著牛車又走了一盞茶的工夫，薛南將牛車停了下來，薛婉見他停在一家木匠店鋪門口，便也隨著抬頭望去。

鋪子的八扇鏤花木門對街大敞著，迎客的大堂裡，各式木櫃、木箱、矮榻及桌椅整齊陳列。耀眼陽光從門外照射進來，襯得堂內窗明几淨。夥計們笑臉迎人，進出的主顧絡繹不絕。

門口有個小眼睛、長相頗機靈的夥計看見薛南，立刻走上前來，和他打招呼。

「嘿！薛二哥，今日怎麼有空過來？又來找活計啦？」

薛南在臘月之前，曾到他們鋪子裡做了兩個月的零工，故而店裡的夥計們大部分都認得他。

「不是。」薛南露出一個憨笑，一邊將新犁從牛車上扛下來，一邊回答那夥計的話。「我家丫頭弄出來一個新犁，耕地快，能省不少力氣。我尋思著，來鋪子裡寄賣，看能不能給行個方便賣出去？」

薛婉眼角一抽，心想老爹真是個實誠人，提自己幹麼？直接把這事攬他身上，都比說是一個十四歲鄉下丫頭搞出來的東西更能讓人信服。然而話都說出口了，現在再推到薛南身上也已經晚了，薛婉只得硬著頭皮跟著薛南進了鋪子。

那夥計一聽，看見薛南肩上扛的怪模怪樣的新犁，笑著直搖頭。「薛二哥你也真是的，哄閨女玩還哄到咱們鋪子裡來了。」

「我真沒哄你，不信你等會兒找塊地試試！」薛南一臉的坦誠相。

那夥計又笑嘻嘻的問：「那你這新犁打算賣幾錢啊？」

「嘿嘿，我閨女說賣二兩六錢銀子。」薛南笑說。

薛婉眼角又是一陣狠抽。這老爹也太老實了，說不定之前那賭輸的五兩銀子，就是賭坊的人看他憨實故意詐他的。

旁邊一健壯的年輕學徒笑著走過來打趣。「嘿喲！薛二哥也懂滑頭了不是，這犁比起其他的犁還小些，怎的反而賣這麼貴呢？」

薛南渾不在意的揮了一下手。「好使唄。好使的東西，當然貴了。」

那學徒兀自不信，卻也懂規矩，沒多說，呵呵笑著寒暄兩句，便走到堂後的木坊去了。

薛婉見大夥兒果然不信，暗自嘆氣，期盼著何時來個懂行的人瞧瞧。

此時店裡剛送走幾位客人，一時之間空下來。

薛南進門後，朝掌櫃的打了聲招呼，掌櫃的點頭回應，而後捧著幾本厚厚的簿子，急匆匆朝大堂東側的一間屋子走去。

薛婉見掌櫃的腰微微彎著，捧著簿子的慎重模樣像是要和頂頭上司做匯報，視線不禁跟著他去的方向移動。

東側隔著大堂的門簾子被他一掀，露出一件水色繡雲紋式樣的錦面襴衫的衣襬。

薛婉心裡一亮。

還真讓她猜對了不成？看那衣料和做工，不是這家店的東家，那也一定是位貴客。

不待細想，鋪子裡間便走出一個穿著短褐、身量不高的精瘦小老頭來。

「薛二郎製了新犁？」那小老頭一邊走一邊用布將衣服上的木屑子撣了撣，神色中露著幾分傲氣。「快予我瞧瞧。」

「喬老。」薛南見那小老頭過來，連忙陪著笑臉，往旁邊讓出一小塊位置。

薛婉悄悄打量，見那小老頭通身的氣派，又見周圍夥計學徒們都是一副點頭哈腰的模樣，便猜他一定是這鋪子裡的大師傅。

不似幾個年輕木匠的懷疑。喬老沈默地圍著新犁轉了幾圈，仔仔細細看著新犁的各個組件，說：「還真別說，這犁子用起來，興許能省下些許氣力。」

薛南聞言，臉露笑容，連連點頭。「是，是的。我在家就試過的。」

凝視那新犁半晌，喬老猛然將目光移到薛南臉上，眼中透出明顯的質疑。「你說這犁，是你家女娃想出來的？」

「呃……」薛南一時被問得愣住，下意識地回頭看向站在自己身後的薛婉。「我閨女說她是從一本書上看來的。」

也難怪喬老這樣的行家會懷疑薛南所言。早在唐末的曲轅犁出現之前，在北魏賈思勰的《齊民要術》中曾提到「蔚犁」，推測是一種短轅犁，唐代初期才進一步出現了長曲轅犁。如此看來，曲轅犁的成形是在幾百年之間經過數代民間匠人對耕犁的不斷摸索和改進才產生的智慧結晶。

要說曲轅犁是薛南根據薛婉這十四歲的丫頭片子的臨時想法而打造出來的，肯定是無法糊弄過喬老這種做了大半輩子木工、擁有精湛技藝的老木匠的。

喬老點點頭，算是信了薛南的話。又對立在薛南身後的薛婉指了指，眼露探究，似乎不信她這十來歲的姑娘能看得懂這犁子其中的關竅。

「來來，丫頭。既是妳從書上得來的點子，便與我這小老兒仔細講講這犁吧。我瞧著與咱們慣用的犁，可是很不一樣吶。」

薛婉沒想太多，喬老一問，她職業病的下意識反應就是：甲方客戶對新產品的結構及效能有疑問，她作為乙方供應商，應該盡己所能地站在客戶角度做詳細說明。

簡報……啊，這裡沒有簡報能用。

薛婉抬眼看了看周圍，幾乎是條件反射的走到一邊的木檯子上，挽起袖子的寬邊，埋首作畫。

東側屋子的竹簾子被挑開，轉眼出來一位著水色錦面襴衫、頭戴白玉簪、腰綴翡翠玉環的俊秀公子，他身後跟著剛才進去的那位掌櫃。

周圍的人都抬起頭來，臉露慎重，像是要朝他彎腰行禮。那公子略一抬手，輕輕一指薛婉面前的木檯子，示意眾人不要打擾這位姑娘。

薛婉進入了穿越前的工作模式，全然沒去理會周遭的動靜。她鋪開一張紙，拿起檯面上的一支炭筆，唰唰幾下，在那張鋪開的白紙上畫出幾條平直而長的線。

那筆在她手下，帶著行雲流水的順暢，不消片刻，一副與面前新犁一模一樣的簡潔圖畫便躍然紙上，線條分明、彎折陰影皆十分逼真。

「婉兒？」薛南從沒見過自家閨女作畫，眼下乍一瞧見，愣住了。他從來不知，自己這沈默寡言的女兒居然有一手極為熟練的好畫工。

喬老暗自驚訝薛婉作工圖時的手法熟練俐落，斜了一眼想要出聲的薛南，暗示他先閉嘴。

薛婉全神貫注畫完新犁的樣稿，在十一個組件上快速寫出各組件的名稱。曲轅犁相比於這時空常見的長直轅犁，多了犁評和犁建，這幾個跨時代的創新她如果不細講，總覺得虧待了客戶。

於是她用手指了指這兩個地方，言語流暢地講解道：「這兩個組件是這副新犁增加的。若推進犁評，可使犁箭向下，犁鏵入土則深。若提起犁評，會使犁箭向上，犁鏵入土則淺。將曲轅犁的犁評、犁箭和犁建三者恰當結合使用，便可適應深耕或淺耕的不同需求，並能使調節耕地的深淺更規範，便於精耕細作。犁壁不僅能碎土，還會將翻耕的土推到一側，減少耕犁前進的阻力。」

喬老與幾位匠工比較成熟的木匠，早已聽得雙目放光如癡如醉，幾人待薛婉說完，便情不自禁的湊到薛南父女送來的新犁前討論。

薛婉也聽他們談得投入，時不時地補充幾句，回答各人提出的問題。約莫過了半炷香的時間，幾人的議論聲才漸漸低下來。

薛婉暗暗鬆了口氣，感覺像是開完一場新產品說明會，遂笑咪咪地望著幾個老師傅就最後幾個問題彼此爭論。

耳旁卻忽的傳來一個清潤的年輕男聲，溫雅而不失威嚴，還有點耳熟。

「薛姑娘小小年紀，出身農家，不但工圖畫得精妙，會識字，且能言善辯。不知師承何人？」說著，目光掃向一旁一言不發的薛南，明顯認為她的親爹不是她的師傅。

薛婉看清這年輕公子，眉頭蹙了兩下，頓時「咦」了一聲，像是想起什麼。「是你？」

那俊雅公子微微頷首，眸光清亮閃爍，夾著好奇與探究。「幸會。沒想到時隔數日，能在此地巧遇薛姑娘。」

遇見自己昔日的大財神，薛婉笑著點點頭，語氣輕鬆道：「陸公子，幸會。」

「不知薛姑娘師承何人？」陸桓再次問道，一雙星眸望著她，嘴角掛著的淺笑意味深長。

薛婉倏然嗅出一絲危險的味道，心虛地彎起眼睛，對那姓陸的公子呵呵一笑想矇混過關。「自然是我爹娘了。」

立在陸桓身旁的一名小廝驚訝地望著自家的少爺。「少、少爺？」

少爺儀表出眾、一表人才，每回府中有未婚女子登門，少爺皆是避之唯恐不及，怎麼這次如此反常，盯著一個怪異的農家小丫頭追問不休？

再看那名被他家少爺追問的小丫頭，既不露怯也無嬌羞之態，反而顯得有些敷衍迴避。

要知道，他家少爺可是縣令的公子，在這白雲縣裡，但凡遇見個小姐、名媛的，哪個不是嬌婉有禮或含羞帶怯、客氣有加的？果然是鄉下來的無知丫頭，缺心少肺，大咧咧的不懂禮數！

小廝一陣忿忿腹誹，很是替自家公子不值。

陸桓最先見到大雪天中的薛婉，那時的她彷佛山崖石縫中掙扎求生的小草，倔強堅毅；方才又見她與眾位老師傅講解時，如行家般的嚴肅謹慎；此時再見她終於露出小女兒家的嬌憨情態及眸中藏不住的狡黠，不由心頭怦然一動，面上表情愣了一瞬。

不肯說實話嗎？也許是有難言之隱？陸桓凝視眼前給人感覺十分奇怪的矮小少女。

「方才妳說這犁開價多少？」

「二兩六錢銀子。」

見眾人皆不吭聲，薛婉心裡也沒底，於是不自覺的開啟推銷模式。

「嗯？嫌貴嗎？哎我和你們說，這價格真不貴。這曲轅犁比眼下農人們用的長直轅犁省時又省力。縣裡應該有不少官田吧？各位想想，若這犁能被官家買去，到時候省下來的人力還能去修城造路。何樂而不為呢？」

陸桓瞇起眼睛。「薛姑娘果然深謀遠慮。按妳如此一說，此犁賣二兩六錢銀子還真不貴。」

薛婉直覺這公子話中有話，趕緊笑著打哈哈。「嘿嘿～～不敢當不敢當。我一村姑，何來遠慮之說？我費了這些口舌，陸少爺你究竟買是不買啊？」

此人忽然出現在鋪子裡，薛婉還以為他是客人。

陸桓嘴唇輕抿，思索片刻，說：「此犁我付妳四兩銀子。若日後妳家還製新犁，盡可送來賣。但價格許是要便宜不少了。」

薛婉先是面上一喜，隨即看向那公子身旁的掌櫃，一臉「他說話能作數嗎」的疑惑神態。

掌櫃尷尬的輕咳一聲，給薛婉介紹道：「這是我們少東家。」

薛婉恍然，暗想道：自家製出的曲轅犁若被行家買去，一看便知該如何仿製，沒啥獨門秘技可言。所占優勢僅僅是「第一副」而已。這樣看來，陸公子肯付如此高價，不過是在酬謝他們將第一把曲轅犁首先送到他家鋪子裡來罷了。

而之前自己敢開出二兩六錢銀子的價錢，純屬是因此犁為這時空的第一把曲轅犁。今後等這種犁被仿製出來，興許價錢只能賣到一兩八錢至二兩左右了。

「多謝陸公子。小女子與爹爹明白的。」她當即點頭笑答，又悄悄扯了下愣神的薛南。

薛南急忙點頭附和。「對，對。我們曉得，多謝少東家。」

這位少東家，薛南以前曾見過兩次。每月月末他都會來鋪子裡看帳，其他時候不常來，來了也只與喬老和幾位老木匠說話，鮮少會同短工與學徒們交談。故而他對這位不太露臉的少東家，心中既有陌生忌憚，也有敬畏。

陸桓輕輕點頭，並沒離開的意思。反而站在原處，聽掌櫃與父女二人談話。

掌櫃又與薛南說寄賣的錢要收兩百文，被陸桓輕輕掃了一眼，隨即改口說看在是熟人，只收他們一百文。

生意談妥，父女二人歡歡喜喜地離開了。

陸桓望了眼兩人的背影，把剛才招待二人的那個小夥計叫進東屋，問：「此父女二人姓薛？住在縣郊？」

小夥計眼珠子滴溜溜一轉，心想平時不苟言笑的少東家明顯是在查問此父女二人的來歷，立即詳盡回答。

「是。那農家漢子姓薛，家住縣郊的青山村。在家中行二，臘月前在鋪子裡做過兩個月的零工，故而與他相熟的都喚他薛二郎。那姑娘應是他家的大丫，名喚薛婉，家中還有一位胞弟。」

陸桓聞言，掃了一眼機靈的小夥計，神色略不自然。

「可知那薛二郎手藝如何？能否識字、寫字？手藝師承何人？」

夥計一拱手。「薛二郎的手藝不怎麼樣。聽聞他早前在其他木匠鋪子裡做過工，僅會一些皮毛。做個木桌、木椅尚可，雕花刻藝則完全不通。沒聽說他識字，但曾聽聞他已故的岳丈是位秀才。」

第八章

原來那名為薛婉的姑娘所言竟是真的。

現今男子可外出拜師學藝，但女子多是不大出門。有手藝的女子大部分皆來自家傳。陸桓沈默半晌，心中對那少女更是在意起來。

父親學藝不精，母親識字，想來她能識字看書，多半靠母親教導。然而那只是基礎，若能從專門的匠書上學來製犁的技法，可見其用心之靈巧，鑽研之深。

大家閨閣女子多嬌羞柔弱，而村裡姑娘又大多行止粗放爽利不拘小節，可那女子卻很不一樣。言談舉止雖然爽利卻並不粗鄙，坦然磊落又不失禮。既不像大家閨秀，又不似小家碧玉。既不矯揉造作，又不粗野。細細想來，世間女子百態竟無一能全然符合，當真奇特。

「那姑娘……」陸桓頓了頓，手握成拳，擋在唇邊輕咳一聲，眼睛移往他處。「你可知芳齡幾許？」瞧那纖巧身量，也不知是否滿了十三？

小夥計伸手撓頭，回憶了一會兒，才道：「臘月那時，曾聽薛二郎提及自己閨女過了十四，當仔細瞧瞧村裡合適的小子了。」

原來已是離及笄不遠的年紀了，卻這般嬌小……

半晌，陸桓不動聲色，立在一旁的小廝小心看了看他。「少爺？」

不見回應。

小廝對那夥計揮揮手，夥計索利地出了東屋。他又瞄了眼若有所思的自家少爺，想著等會兒回府要不要和夫人提提此事。

賣了新犁，時辰已近午時。薛南帶著薛婉在縣裡的小麵館裡簡單用過飯食，薛婉又買了一點乾桂花，兩人便一起趕著牛車返回青山村。

薛南多賺了一兩四錢銀子，一邊趕車一邊哼著小曲，喜得將牛鞭子甩得噼啪響。

薛婉坐在車上看著通往縣郊的道路兩旁已生出不少綠油油的嫩草，不遠處一塊連著一塊被分割得整整齊齊的農田，心情十分舒暢。連吹拂在臉上初春的風，她也不覺得寒冷了。

「爹，今早咱出村子路過老宅時，我見小姑站在院子裡朝咱們張望呢。」在牛車上坐了一小會兒，薛婉心底倏地產生一抹警覺。「你早間去老宅借牛車時，是不是告訴他們咱要去縣裡了？」

薛南揮著牛鞭子，隨口答道：「啊，提了一句。說要去賣犁。」

薛婉眉頭一皺，叮囑他。「若等會兒咱回去，小姑來問咱賣了多少銀子。你就說賣了二兩錢銀，付了五錢銀子託人寄賣的錢。」

有些事，還是得提前預防。不然到時候，難保得多出不少血去。

薛南乍一聽聞，沒回過神，奇怪道：「啊？為何要說賣得這麼少的錢呢？」

薛婉沒提別的，只說：「奶奶不是在給小姑攢嫁妝嗎？」

薛南是憨直，卻並非真傻，臉色頓時慎重起來。眼下不像早前沒分家的時候，銀子都歸孩子奶奶管，用錢也都是她來看著給。

現已分了家，那賺的銀子都是自個兒的。

薛南也有點小心思，自己的兒子讀書今後都得自家出，能多給他存一點，就多存一點吧。何況再過大半年，婉兒也要議親了，使銀子的地方多得很。

女兒的意思薛南算聽明白了，點點頭，嘿嘿一樂。「好。那就聽閨女的。咱閨女大咯，會為家裡操心咯！」

不出薛婉所料，薛南去老宅還牛車的時候，薛蓮正在院子裡曬褥子，一見薛南和薛婉回來，便對薛南說：「娘喊你來還牛車時，順道去她屋子裡一趟。」

薛婉將視線移到她臉上，盯著她看了一會兒，才與她打了聲招呼。「小姑。」

薛蓮臉上現出一絲尷尬，很快便笑著讓薛婉到堂屋裡坐。

「哎！好。」薛南將牛車卸下來，又將牛牽進牛棚，撣了撣身上的灰，推門走進東屋。

孫氏正坐在炕上給薛老頭納鞋底子，抬頭看了他一眼，先是揚了個笑臉，緊接著又雙眉緊鎖。「回來了，坐。」

薛南見她面色喜憂參半，納悶得緊，便問：「娘，妳這是怎麼了？」

「你妹妹的親事定下了。」孫氏納完最後一針，才抬眼瞧薛南，眼神中蘊著訴不盡的喜意與憂思。「是張家村的張順。」

「啥？」薛南吃了一驚，身子微微前傾，語氣頗有些興奮。「張順？他家不是張家村的頭一份嘛！」

「可不是？我也沒想到這事能成。」孫氏瞥了喜形於色的二兒子一眼。「這事啊，你嫂子在其中可幫著跑了不少趟呢。」

薛南的大嫂張氏就是前張家村的，這門親事就是她提起來的。張順家在張家村算是首富了，光田地就有五十多畝，而且還都是好田，家裡還餵著一百多隻雞、六頭豬和三頭牛。

薛南過了最初的高興情緒之後，又想起來張順家兄弟姐妹挺多，有些擔心。

「可張順排老二，上有一個哥哥，下還有一個弟弟和兩個妹妹。要是分家，那也不能得很多田吧？」

孫氏瞪他一眼。「張家那家產，就算分家，張順也能分到十多畝地吧。還有那麼些雞、豬和牛，比你大哥得的都要多多了。」說到這裡，孫氏噎了一下，發現自己說錯話了，趕緊又說：「再說張順兩個妹妹都十歲朝上了，沒過幾年也就嫁出去了。」

薛南沒察覺不對，心裡禁不住替自己妹妹高興。張順那小子他認得，人長得壯實周正，性子也爽朗，家底又厚。妹妹嫁過去，總不至於為了吃穿操心。

正樂呵呵的，又聽孫氏突然嘆了口氣，面露憂愁。

薛南不明所以。「娘，妹妹的親事這麼好，妳為啥還嘆氣啊？」

孫氏為難地望著他。「就是因為太好，我才嘆氣呢。你也知道，村子裡嫁姑娘，嫁妝裡的壓箱底錢總得要個六吊到八吊。嫁去條件差些的，勉強五吊錢也行，嫁去富裕些的，八吊是跑不了的。可你妹妹的夫家，條件在他們村裡是這個……」

說著，孫氏比出了拇指。「這麼一看，我就有些犯愁。不說嫁過去的衣衫鞋襪都要比尋常嫁女要高出一等，就說那壓箱底的錢，若是少於十四、五吊錢，說出去都丟人得緊。」

薛南一聽，喜著的眉眼塌下來，也跟著犯愁。

孫氏見兒子拎不清，半天也不吱一聲，心中不耐煩，面上卻是擺出和藹討好的神色問：「二郎啊，你今天去縣裡幹啥了？」

薛南沒多想，回說自家大丫從書上看到一把新式犁的造法，便按照薛婉說的做了兩把。自家留一把，又去縣裡賣了一把。

孫氏好奇，抬起滿是褶皺的額頭。「賣出去了？賣了多少？」

薛南差點就說了實話，不過話到嘴邊，倏地想起方才女兒叮囑自己的話。又想到老娘把自己叫進屋來說的一堆話，漸漸品出些不一樣的味道，便立即改了口。「還能賣多少？就和尋常的犁差不多唄。二兩銀子，還得刨去寄賣鋪子收的五百個錢。」

孫氏聽了一喜，輕推他一把。「啥叫就二兩銀子？二兩銀子了你還嫌不夠呢！普通的犁也要一兩五、六錢吧。唉！你說說你自己去賣多好，平白給木匠鋪子賺取五百文。」

薛南搓著手，嘿嘿笑。「其實沒賺什麼錢。還得扣掉五、六百文的木料、鐵料錢呢。」

孫氏渾濁的眼珠子滴溜溜一轉，苦口婆心道：「二郎，你妹妹這嫁妝著實要用掉不少錢，你也就這一個妹子。我辛辛苦苦將你哥倆拉拔大，又給你們都討到了好媳婦。大郎家的主動提了要給蓮兒一吊錢做貼妝，你看看你比你大哥還多一門木匠手藝不是？怎麼也不能比他貼的少吧？」

一吊錢，那也就是一兩銀子了。聽娘這語氣，自己要是給的錢還不夠一兩，她非要和自己折騰不可。再說，自家小妹，他也心疼。

「要不……我也出一吊錢？」薛南為難的皺起眉頭，試探的問。

孫氏佯裝嗔了他一句。「看你這做兄長的，夠摳門了你。」臉色卻鬆下來，眼裡也帶上笑意，又捧了他一句。「一吊就一吊吧。你也算盡力了。你妹子待會兒曉得了，定也是要謝你的。」

薛南又聽孫氏絮叨了幾句，便帶薛婉家去了。

他走後，孫氏頓時覺得有些奇怪。這老二家的大丫怎的近來總能想到些賺錢的法子？之前明明像個木頭似的呢，這才分家沒幾日，竟就這般活泛起來，曉得幫家裡賺錢了？

越想越覺得心裡有氣，認定都是陳氏之前瞞著，現在一分家，鬼主意一個個的全冒出來了。

眼下不住在一起，她少了許多拿捏陳氏的機會，又氣薛南分家時不向著自己，盡是顧著媳婦和薛婉。於是一個人恨恨地坐在炕沿生悶氣，胸口氣得一鼓一鼓的。

但過了一會兒，又想起兒子方才賣犁賺的錢都進了自己口袋，那陳氏一分也沒撈著，這才漸漸消了氣。

初春的天氣還冷得很，鄉間泥地才解凍沒幾日，踩在腳下硬邦邦的。清冷的寒風撫過面頰，仍能凍得人直縮脖子。

薛婉跟在薛南身邊，慢慢朝家走。見他自從出了老宅東屋後就一直悶著頭不說話，沒了剛賣掉新犁時的興奮，面上一陣喜一陣憂的，薛婉忍不住與他問話。

「爹，你怎麼了？從縣裡回來時不還挺高興的麼？」

薛南正在犯愁自己是不是應該再多出一點錢給妹子貼妝，薛婉一問，他便皺著眉頭說：「妳小姑的親事定了。是前張家村的張順，他家家底厚，你奶奶正為嫁妝發愁呢。」

完了，這傻爹肯定是上了奶奶的套了。她就知道，出門時他們去借牛，小姑打量他們的眼神就很奇怪。一回去，薛南就被叫去老宅東屋，鐵定沒好事！

不能一下子把話說得太直白，薛婉只得委婉道：「爹，小姑嫁得好不是好事嗎？嫁妝雖比尋常人家多些，也不至於太為難吧。」

薛南臉一板，瞪了薛婉一眼。「小丫頭家家的，知道什麼？」

薛婉揚起眉毛，一臉疑惑，反問薛南。「奶奶為小姑張羅親事也有六、七年了吧？小姑都快十八了。咱家除了這幾年給兩個堂兄還有敬哥兒付束脩時花得多些，其餘吃穿用度，都是省得不能再省了。」

薛婉一說，薛南想了想，沈默著點點頭。「這倒是。妳奶奶過日子是省得很。」

薛婉又說：「之前沒分家，家裡總共十七畝地。收成差些的，除去口糧，一年也有餘個一、二兩銀子。收成好些，一年便有三兩甚至四兩的進項。光這些田地，咱家一年也有三十四到六十八兩的進帳。全年咱們吃穿用度、年節隨禮、修補房屋、置辦傢什農具，粗略就算一年二十到二十五兩的花銷。這兩年家中堂兄與敬哥兒念書的錢，加上筆墨紙硯的花銷總共每年大約十五兩。咱家人又不怎麼生病，你算算單這六、七年，奶奶大約存了多少？」

薛南越聽眉頭皺得越緊。薛婉見他有些想明白了，又補充說：「你每年農閒時，都去外頭做工。我聽娘說過，你每年去做木工的錢，也能有個三到五兩的進帳吧？」

薛南心中忽的一亮，被女兒這麼算來，自己的親娘這六、七年來，多的不敢說，七、八十兩，總是存得足夠的。再加上早些年三個小子沒念書時，家中存的銀子，加起來也有百十多兩了。

然而分家的時候，她對大哥和自己家，甚至連提都沒提一句這些錢。只把這些銀子，死死的捂在自己手中。這些銀子，就算之前幫他還了十兩賭債，蓮兒的嫁妝再用去十兩，至少還有八十多兩在她手裡。

這麼多銀子，她還嫌不夠……這便算了，她是自己親娘，自己怎麼孝敬她都不為過。

但仔細回想方才她與自己嘮叨了那麼一大堆話，拐彎抹角的用給妹妹貼妝來套自己剛掙來的一些銀子，薛南心裡就百般不是滋味。自己說賺到二兩銀，除去成本，淨得一兩，竟都被她給套了去，一文都沒多留給自己。

薛南終於釐清心頭的怪異，突然「唉」了一聲，似是惱恨，又似無奈。

薛婉看他臉色黑沈沈的，於是又狀似不經意的提了一句。「爹，今後敬哥兒的束脩和筆墨紙硯，可都得咱們自個兒掏錢呢。若是他念得好，去縣學裡繼續念，那束脩可不只一年四兩，聽說一年至少也要六兩。」

薛婉說完，薛南的臉色更難看了。一方面他氣她是自己親娘，竟然還要和自己耍心眼；一方面又氣她不為自己孫子念書打算，見他賺到點銀子就想方設法摳出來。

薛婉看自己老爹氣得臉紅一陣白一陣的，也不枉她費了這麼多口舌給他提醒，讓他以後多留個心眼。

幸虧她還提前預警，父女倆提前說好新犁只賣得二兩銀子，這要老實說是四兩，那至少還會再被奶奶套去三兩！

父女倆為了賺點銀子，兩人商量出力的折騰了四、五日，到頭來差點白忙活一場，把賺的銀子都倒貼了出去。換誰誰會高興？

按照孫氏的摳門性子，薛婉猜她不把給薛南貼的十兩賭債銀子全給套回去多半是沒完沒了。薛婉對此雖然也很無奈、生氣，但並不至於氣得太狠。

這次雖然損失了一點銀子，但她的提醒能令薛南想通，讓他自己多留些心，她的小家以後在銀錢方面才不至於都被孫氏套進口袋。自己以後也能再想辦法安心賺錢。

換句話說，這次若非孫氏來套父女倆剛掙來的銀子，薛婉也沒機會給薛南這個糊塗爹洗腦。眼下薛南對孫氏心中有了提防、有了嫌隙，以後孫氏再想來糊弄他，他可就沒那麼容易上當了。

這一兩銀子，丟得不虧。

第九章

於是薛婉輕輕拍了拍薛南的胳膊，仰頭看他。

「爹，咱家之前分家修房子用去了六、七兩銀子呢。我賺的那十兩，約莫只剩三、四兩了，加上今日賺的剩下的二兩，咱家可就只剩五、六兩了。聽娘說，下月敬哥兒進學便要交春季的一兩束脩。咱們可得省著點替他打算。」

薛南擰著眉毛點點頭。

「成。我曉得了。趕在春耕前，我再打兩把新犁，趁著犁還沒被別家仿去，咱們再賣兩把。」

說罷，薛南陡然發現自家閨女的個頭兒居然這般小，才到他胸口，臉色又黃瘦。

正是這樣的閨女，卻一心為家中著想。

薛南忽的鼻頭一酸，想起這些年來她和敬哥兒正長個子，吃得又不好；自己媳婦不得他娘喜歡，他娘便也沒像時常背著他家給大哥家的幾個娃兒添餐那樣，給自己的兩個娃兒塞過吃的，心裡更覺愧疚苦澀。

自家單獨生活了，在飲食上一定不能再虧待兩個懂事的好娃兒！

薛南與薛婉到家時，申時已過半。蔚藍的天際萬里無雲。陽光漸漸弱下來，緩緩向西邊收攏，像是一層淡淡的橙金色幕簾。

隔壁陶家的煙囪正冒著裊裊炊煙，薛家此時卻靜悄悄的。

薛南與薛婉走進院子，發現薛敬捲著袖子抱著膝蓋蹲在院子西側，正望著面前的一個木盆子發呆，像個軟糯糯的小糰子。

「敬哥兒，怎麼就你一人在家？你娘呢？」薛南一邊將身上的棉褂子脫下來，一邊問。

薛敬見到爹和姐姐回來，忙站起，瘦精精的小臉綻出高興的神采。「前面大山他娘生娃，把娘叫去幫忙了，說讓我們晚飯自己燒著先吃。」

薛南點點頭，去院子角落抱了一捆桔稈到灶間去了。

薛婉看見木盆裡有兩條半尺多長的鯽魚，欣喜的問薛敬哪裡來的魚。

薛敬眼睛亮閃閃的說是隔壁陶叔下晌在村子前那條河裡撈的，總共撈了五條，送了他家兩條來。

「娘還讓我去打了一斤豆腐，本想著今日等爹和阿姐回來，晚上做醃菜豆腐燉魚的。」

晚上有魚吃，薛南笑著說那可以去小貨棧裡打一斤酒來喝，一邊將桔稈分成一小撮一小撮的，方便等會兒燒火用。

「爹，你去歇會兒吧。我和阿姐來燒飯。」薛敬朝堂屋裡喊。

「行。那我去東屋睡會兒。」

薛南點點頭，從水缸裡打了盆水洗臉洗手。來回趕了兩個多時辰的牛車，又搬又扛的，他還真有些乏了。

薛婉苦哈哈的掃了一眼面前乖巧的萌正太，心想：小弟你可把老姐給坑慘了。

她學習好，頭腦活絡，但若論起煮菜、做飯，薛婉自覺還真沒這個天分。

穿越以前在家的時候，用瓦斯爐，她燒的菜算是勉強能吃。到了這個時空，沒有容易控制火候的瓦斯爐，她還真沒把握可以把菜燒得能入口的地步。

之前陳氏在家時，都是陳氏掌勺，她就摘菜、洗菜燒火幫個忙。今兒掌勺的不在，望著面前大眼睛發出殷殷光彩的小男娃，薛婉艱難的將心裡那句「弟弟你來燒菜，我來給你燒火」給嚥了回去。

「好，姐姐去洗個手，殺、殺魚。」薛婉扯了一下嘴角，苦笑著說：「弟弟你去摘青菜吧。」

薛敬響亮的答應一聲，蹦跳著去摘菜了。

薛婉無奈地拿起菜刀，想刮魚鱗。可惜兩條鯽魚歡實得不得了，薛婉好幾次剛將大的那條抓在手中，不一會兒就滑溜地滑到地上去了。

薛婉氣不過，兩手合握住魚，將魚往地上重重一摔，那魚被摔暈了才老實下來。

薛婉皺著鼻子，強忍著濃重的魚腥味和血味刮鱗開膛，等到終於清理完那兩條魚，她已經精疲力盡了。

將兩條魚在木桶中漂洗乾淨，薛婉忽然想起可以做鯽魚豆腐湯。這兒做魚大多都是用醃菜豆腐來燉煮著吃。雖然這種做法也很好吃很下飯，但她更饞奶白色的鯽魚豆腐湯。

想起這道湯，薛婉又興奮起來。「小弟，咱今兒不做醃菜豆腐燉魚了，姐給你做鯽魚豆腐湯吧。」

「好呀，阿姐做啥我就吃啥。」薛敬對吃食不挑，只要是吃的，他都會表現得很高興。

家中就兩口灶，一個用來煮麥飯，另一個就用來燒菜。

為免青菜沾上魚腥味，薛婉決定先把青菜炒出來。

但她想得挺美，可惜真做起來就不是那麼回事了。

當薛婉將青菜倒入鍋中時，因青菜上的水珠子沒被甩乾，使得鍋中爆出了許多油星。

薛婉嚇得驚呼後退，拿著鍋鏟想去翻炒卻又不敢靠近，直到爆起的油星少了，她才小心翼翼的靠過去囫圇著翻炒幾下。

原本一盆綠油油的青菜，硬是被她燒得又焦又爛，有些菜梗都還沒炒熟。

薛婉與薛敬兩人望著這一盤慘不忍睹的青菜，大眼瞪小眼，一時也不知那道魚湯還應不應該讓薛婉來掌勺。

正愁著，竹籬笆外響起一個清脆的少女嗓音。「婉兒妹妹，在家嗎？我家的鹽巴沒了，能借點嗎？」

薛婉吐了口氣，心想總算能稍微歇會兒，走到堂屋門口笑著和陶瑩打招呼。「瑩兒姐姐，快進來。」

說著，接過她手裡的小陶罐，給她舀了兩勺鹽進去。

陶瑩進屋後，忍不住吸了吸鼻子。「什麼味兒？」還不待有人回答，她便一眼瞧見灶臺上那盤黑不黑綠不綠的炒青菜，頓時不忍心地皺起了秀氣的眉頭。「呀！這是怎麼了？」

薛婉尷尬地嘿嘿笑，用手揉了揉臉，蹭上一塊油漬。「那個……我炒得不好。」

陶瑩捂嘴笑起來，彎成月牙的明眸閃著水亮的光。她瞥了眼灶臺旁被刮得坑坑窪窪的魚，不用薛婉拜託，就手腳俐落的提起桌上的菜刀，將那兩條魚沒刮乾淨的魚鱗給處理了一番。

「要做什麼？醃菜豆腐燉魚嗎？我幫妳吧。」陶瑩將魚放到一旁的竹簍裡瀝乾。

薛婉簡直就像遇見了救星，恨不得抱著她的胳膊撒嬌，瞇著眼討好的笑說：「瑩兒姐姐肯幫忙，那我就得救了！」

見薛婉偷懶偷得如此光明正大，陶瑩寵溺地瞥了她一眼，又對薛敬柔聲說：「敬哥兒，幫忙把鹽送到我家給你彩兒姐姐，行嗎？」

薛敬臉上一紅，靦腆的輕輕點頭，乖乖的捧著陶罐跑去隔壁送鹽了。

陶瑩望了眼薛敬瘦小的背影，心中十分稀罕這個可愛乖巧的小男娃。她爹娘就盼著想要個男娃，可惜她娘自從生完妹妹陶彩以後，就一直沒動靜。也不知是傷著了還是怎的，吃過幾副藥，仍是沒懷上。

時日長了，爺爺奶奶都嫌棄她娘不能生兒子，成日擺臉色給她娘和兩個孫女看，簡直度日如年。

最近兩年爹娘都息了懷男娃的心思，分了家，這才算是過上安生日子。

薛婉的話將陶瑩的思緒拉回來。「不，瑩兒姐姐，不做醃菜豆腐燉魚。咱們今日做個新花樣。」

陶瑩來了興致，因憶起家中煩心事而消沈的臉色褪去，笑得像是春日裡初開的桃花。「好，妳說說怎麼做，我來做便是。」

薛婉望著她賞心悅目的漂亮臉蛋。「先在鍋中倒點油燒熱，然後放薑片進去，再把魚放到鍋裡煎得兩面魚皮微微爆起，然後倒水、放入豆腐一起煮開，撒上蔥花，再用小火燉一會兒就好。」

薛婉雖不擅長做，但她對工序記得很牢。因為小時候奶奶常給她煮鯽魚豆腐湯喝，她就喜歡踮著腳站奶奶旁邊看，可惜眼睛懂了，手沒學會。

陶瑩一邊聽她指揮一邊做，竟也像模像樣。不出盞茶的工夫，魚湯的鮮香味道便飄得整間堂屋都是。

「哇！瑩兒姐姐，妳做菜真是有天分啊！我就不行。炒個青菜都會炒糊……」

薛婉對陶瑩的巧手豔羨不已。明明她是第一次做，卻能做得這麼好。聞那個味道，竟和她奶奶的手藝不相上下。

陶瑩將魚湯盛到大瓷碗裡，用一旁的抹布擦了擦手，笑說：「會做菜算個啥？農家女娃都會。我也不能像妳那樣，會認字看書，還能幫家裡大人做新犁賣錢不是？妳這本事啊，在咱村裡，可是頭一個呢。」

兩人又聊了一會兒，陶瑩記掛著家中便匆匆回去了。她娘也被喊去幫著大山娘去了，在村子裡，女人生孩子是頂天的大事。

但凡一家生孩子，左鄰右舍的媳婦、婆子都是要趕去幫忙的。李氏不在，家中大小家務自然就得陶瑩來操持，彩兒才剛九歲，只比薛敬大一個月，頂多只能幫著她大姐打個下手。

晚飯做好，薛南睡醒了，帶著兩個娃兒坐在桌邊，眼睛盯著桌上那一碗堪比牛乳似的濃白魚湯，聞著香味直瞪眼。

舀了一勺嚐了一口，立時眉眼舒展，咂咂嘴嘆道：「這味道怪好！鮮得很。趕明兒我再去河裡撈兩條，咱還這麼做！」

薛敬饞得直嚥口水，薛婉趕忙給他舀了一小碗，讓他先喝著。他不肯，非得等陳氏回來才喝。薛南好生哄勸了幾句，連帶薛婉一塊兒哄，他才小心翼翼的把碗湊到嘴邊，一小口一小口貓兒般抿著喝，像是捨不得，又像是十分珍惜似的品著。

薛婉告訴薛南這魚湯是陶瑩按照她從雜書中看到的方法口述後做的。

薛南很感嘆，說陶瑩不但貌美，在他們村裡更是一等一的手巧。一手好菜飯比幾個巧手出名的媳婦燒得都香，針線做得也好，還能跟著她爹娘一起下地幹農活。這還不到十五歲呢，附近十里八鄉的媒婆都明裡暗裡在青山村打聽她了。

說著說著，薛南瞇起眼睛，輕輕拍了拍身旁小貓似的薛敬腦袋。「你呀，將來好好念書。以後出息了，能娶個有瑩姐兒一半賢慧漂亮的媳婦，你老子我就知足了。」

薛敬小嫩臉頓時通紅，眼簾半垂，纖長的睫毛顫巍巍的，內裡透出清亮的光芒。他慢吞吞地喝完碗裡的小半碗魚湯，幾不可見的微微點了下頭。

薛婉見自己的弟弟那麼容易害羞，簡直像個女娃，生怕他在外面被人欺負，於是央求薛南幫他做了一把彈弓。

彈弓的弓身做好後，薛婉想了想，沒用村裡男娃常用的寬牛筋，而是找到做牛筋的那戶工匠，請他幫忙做了三條稍微細一些的牛筋條，然後將三條牛筋分兩頭綁在彈弓上，牛筋中間還特意給穿了一塊寬牛皮兜兒。

彈弓完成後，薛敬稀罕地抱在懷裡，連抱了好幾天，才稍稍肯放下一會兒。一趁人不注意，他就悄悄抱著彈弓到家後面那條小溪旁撿石子，用彈弓纏著去打小溪裡的小魚蝦，甚至偶爾還會去打溪邊樹上的小鳥。

薛婉暗笑他到底是個男娃，就是和其他在鄉間瘋跑大叫的男娃相比，斯文不少。

出了立春，進入雨水節氣。春雨綿綿而至，潤物無聲。草木萌動，大地回暖。田中林間，枯木逢春，四處點綠。春之氣息猶如一個巨大的懷抱，將天地萬物溫柔地擁在其間。

趁著某日沒落雨，青山村的壯丁們急匆匆的走進各自的田裡，培土施肥，清理深淺不一的水溝，將積水排出去。

薛婉家也就六畝田，薛南與陳氏兩人忙活了兩日，便又閒了下來。

自從分家後，陳氏便時常與薛南商量銀錢的事。薛南再也不能當交完錢就甩手的老爺，還被督促著為兒子念書要早做籌劃，總算對家中生計用了不少心思。

趁著還沒到農忙，他接了村中一戶的木匠活兒。要做一套桌椅和兩個木箱，有幾樣打製桌椅的小工具在搬家時沒來得及拿，他便又回到老宅去取。

晌午他回去時，恰巧薛蓮到院子的井中提水。薛南瞧見她，這才想起那日從縣上回來後陳氏得知薛蓮與張順訂親後，叮囑他轉告薛蓮的話。

薛南將薛蓮喊去院子一隅，低聲說：「瞧二哥這記性，見到妳我才想起來。妳嫂子前幾日去幫大山娘生娃時，說是聽到一些關於張順家的話。讓我悄悄告訴妳，張順的娘和小妹性子有些怪。妳回頭和咱娘說說，在辦親事時注意些，別在禮節上出啥紕漏。以後若是嫁過去了，頭幾個月也得收收脾氣，免得和她們處不好。」

第十章

陳氏本是好意提醒。畢竟她進薛家門時，薛蓮正年幼，她曾幫著婆婆一起照看她。一年四季的衣衫鞋襪也是陳氏在打理，她原想著薛蓮與她還算親厚，這才叮囑薛南傳話。

不料薛南傳話時已經隔了幾日，張家下了聘禮。薛南此時再說與薛蓮聽，時候便有些遲了。再加上分家後，孫氏一直在她耳旁抱怨陳氏如何如何不好，唆使二哥與她鬧分家等等，薛蓮竟也因此在心中對陳氏生出嫌隙來。

薛蓮一聽薛南到今日才說這些話，以為是陳氏故意拖到下聘後才告訴她，當下便沈了臉，瞪了薛南一眼。「二嫂這時候才讓你說這些給我聽，又有什麼用？聘禮都下了！她是看我未來夫家太好，故意拿這些話來埋汰我，想我嫁得不痛快吧！」

言畢，也不等薛南解釋，扭頭便進了東屋。

薛南原是好心，沒承想竟惹自家妹子不快，見她給自己臉色看，很是莫名其妙。「好端端的，怎的老把人往壞處想？好話怎的還給聽岔了？她過得不如意，對我能有啥好處？」

遂用手抹了把臉，懵頭懵腦的回家去吃飯了。

回到家，越想越覺得納悶，薛南便把薛蓮的話告訴了陳氏。

陳氏聽完，生了好大一場悶氣，心想怎麼連小姑也如此拎不清。心裡打定主意，除非年節、禮儀此類明面上得露面的事，否則今後再也不跟老宅的人多有來往。

薛婉在一旁默默當著聽眾，一邊聽一邊在心裡分析總結。薛蓮成日都與孫氏待在一起，無論是思想觀念還是感情都十分依賴於她。如今分家，孫氏本來就不喜歡陳氏，薛蓮被她帶歪了那是再正常不過。

看來懂事與否和歲數沒啥太大關係，對一個人的喜惡，是可以輕易被他人情感支配和動搖的，而自我對是非的判斷力又時刻會受到生活環境的左右。

也許以後等薛蓮嫁出去，換了不同的環境，她才能撇開情感所帶來的迷障，懂得分辨真正的好壞是非吧？

由薛蓮又聯想到自己，薛婉不禁渾身抖了抖。她可不想成天因為這些家宅中雞毛蒜皮的無知猜忌破壞自己的快樂。

要想過得高興，還得自己給自己找點事情去做，努力往自己所喜愛的領域用心經營，這樣的日子才是她想要的。至於老宅那些不喜歡自己，而自己也不喜歡他們的人，反正現在都分家了，那當然是眼不見為淨。

在屋裡漫無目的地轉了一圈，薛婉發現了置於衣櫃之上的一個小布包。這才想起那是那日去縣裡賣犁後順手買的乾桂花。

薛婉忽然想起會買這乾桂花的原因。之前陶瑩主動幫自己在做菜時解了幾次自己的小危難，她還沒機會回報陶瑩呢。眼下就趁著有空，想點辦法幫她發揮一下優勢，讓她的好閨密靠一手廚藝掙點銀子補貼一下家裡吧。免得自己老惦記欠著別人的人情，睡覺都會覺得不踏實。

不到農忙的時候，青山村的大多數人家都是一日兩餐。薛南要做木工活，故而家中只有他在這幾天每日食三餐。

薛婉拿著乾桂花從西屋出來，與正在吃飯的薛南和縫補衣物的陳氏打了聲招呼，就跑到隔壁去找陶瑩了。

陶家的家境與自己家差不多，三間草泥胚的屋子，西邊還有一個簡易的草棚子用來養牛。

李氏的婆家嫌棄李氏生不出兒子，分家時刻意刁難，只給了他家兩畝下等田，他家的牛還是李氏的娘家送來幫襯他們的。

兩家家境相近，薛婉與陶瑩來往心裡也更是鬆快些，說來這交友也重視個門當戶對呢。

「瑩兒姐姐在家嗎？我來找妳玩啦。」

陶瑩穿著碎花舊布圍裙，拍了拍身上的灰，從堂屋走出來。「哎，在家呢。婉兒妹妹怎麼來了？」

「來找妳玩兒唄。陶叔、陶嬸呢？」薛婉往院子裡掃了一圈，沒見到大人，也沒見到陶彩。「咦？彩兒妹妹呢？」

「爹娘去里正家裡幫著修房子去啦。彩兒跟著幾個要好的小丫頭去村頭的榆樹上採榆錢了。」陶瑩笑著將她迎進堂屋，取出一只陶碗給她倒水喝。「婉兒妹妹嚐嚐這泉水，是我爹大清早去山上揹回來的。喝著有股淡淡的甘甜味。」

陶叔、李氏在農閒時經常會到村里幾個家境好的人家做幫工貼補家用，這點眾人皆知。

薛婉點點頭，從懷裡捧出一個小布包，捧在手裡顛了顛，笑說：「瑩兒姐姐下晌有空不？有空咱們一起做個小吃食唄？我在縣裡的點心鋪子和咱村裡的小貨棧都看了，沒賣這種零食呢。若做出來滋味好，咱們就可以用它賣點錢補貼家裡了不是？妳手這麼巧，若是能靠手藝賺錢，妳也可以給自己存嫁妝呀。」

聽到能賺錢，陶瑩頓時來了興趣，笑得眉眼彎彎，一雙秋水似的眼眸直閃光，「好啊。是何零食？」隨後又反應過來薛婉說了存嫁妝，不禁臉紅，點了一下她的額頭，嗔道：「小聲點。這話妳怎麼好意思說啊？妳比我還小呢，臉皮竟是這般厚。」

薛婉彎著眼睛嘿嘿笑，吐了吐舌頭。「怕啥？這兒就咱們倆，又沒其他人聽見。」又正經回答起陶瑩的問題。「桂花糕。瑩兒姐姐聽說過沒？」

薛婉小心地打開小布包。「用桂花、蜂蜜、飴糖、麵粉、糯米粉和菜油就能做。」

「沒聽說過呢。」陶瑩一聽要這些食材，立時有些犯難。「我、我家只有飴糖和一點兒麵粉、菜油，沒蜂蜜呢。」

薛婉笑呵呵道：「瑩兒姐姐別擔心，我有五十文錢，稍後可以去小貨棧買一點來。我知道這零食該如何做，可惜我手笨，怕做不好。所以請妳來一起做，做好後咱們一起賣了它分錢就行。」

陶瑩咬了咬下嘴唇，心想自己若做出來能賣掉，就少分點錢吧，別讓薛婉吃虧就行。遂點點頭。「好，那就這麼辦。」

兩人剛一打定主意，陶彩拎著一竹籃的榆錢從外頭一蹦一跳地跑進院子，

「姐，我回來了。我採了一整籃榆錢呢！」脆嫩的嗓音裡含著止不住的喜意。

薛婉見她回來，忙對她招招手。「來，彩兒妹妹回來的正好。陪我去小貨棧買點東西。」上回她陪薛南去縣裡賣新犁，歸家後薛南悄悄塞了五十文錢給她做零花錢，她成日摸魚混日子，還沒機會用呢。

陶彩個性活潑，一聽薛婉找她去小貨棧，覺得又有事可做了，十分興奮。拉著她的手就想走。「好呀好呀。我要去！」

薛婉用手輕點了點她的小腦袋，將如何處理麵粉與陶瑩講明白，才牽著陶彩的手與她一起出了陶家小院。

不一會兒，在小貨棧買齊材料，薛婉與陶彩洗淨雙手，便與陶瑩三人忙活到一塊兒去了。

一切為了銀子，加油！

幾人都是第一次做，薛婉只知道理論，自己從未做過。折騰了近一個時辰，第一批桂花糕才好不容易做出來。

幸虧陶瑩手巧，做東西又仔細，第一批桂花糕雖然有些蒸得過了火候，可當她掀開鍋蓋時，一股桂花清香混著麵粉香的味道撲鼻而來，仍是勾得三人當場就一人一塊給吞進了肚子裡。

「味道真好啊！」陶彩吃得兩眼璨璨發光，嚷嚷著要和兩個姐姐趕緊做第二批。

日頭漸落，紅霞鋪天。青山村村尾的農家小院子裡，三個女娃如滿載而歸的雀鳥一般，嘰嘰喳喳笑鬧不停。

大清早，天空中濃雲靉靆，霧靄相重。朝霞燦爛的光芒被遮擋在厚厚的雲層之下，青山村被掩成了一副淡淡的氤氳水墨畫。

里正媳婦宋氏抬頭望了一眼暗濛濛的天，生怕等會兒便要落雨，加快腳步匆匆向村中的小貨棧行去。

前頭不遠處傳來清亮悅耳的童音，漸吟漸近。

「陌上楊柳方競春，塘中鯽鱮早成陰。忽聞天公霹靂聲，禽獸蟲豸倒乾坤。」

那聲音近到跟前，宋氏才看清念詩的是誰家的娃兒。遂對他招招手。「敬哥兒，原來是你啊。你念的什麼詩？怪好聽的。」

薛敬穿著一身水色的書生襴衫，揹著小竹簍，頭上包著小布巾，笑咪咪地停在她身前，仰頭與她回話。「宋大娘早，我念的是〈驚蟄〉。」

「可應景咧。今日可不是入了驚蟄嗎？」宋氏笑著拍拍他的肩，望著他秀氣似女娃似的小臉蛋。「可見敬哥兒書念得好。」

「宋大娘也是去小貨棧嗎？」薛敬清亮的大眼睛閃了閃，問。

「可不是嘛。家中的芝麻沒了，我得去買些來。不然炒蟲節沒得吃咧。」

「小貨棧今兒擺了新式的點心，又香又甜，叫桂花糕，宋大娘若有興致，可以買兩塊嚐嚐。」薛敬對她作了一揖，又與她閒聊兩句，便說還得去縣裡念書，告辭了。

宋氏見他乖巧，笑著誇讚他幾句，才繼續往小貨棧走去。

薛敬與她反方向行出數步，回過頭去望著她，這才微微綻開笑容，露出兩排細白的小牙齒。

宋氏到了小貨棧，與貨棧裡的柱子媳婦要了一斤芝麻，等待時被香味勾得吸了吸鼻子。「什麼味？好香！」

「鼻子真靈。」柱子媳婦正在整理剛收來的雞蛋，見她那樣，笑瞥她一眼，回說：「今兒陶三福家丫頭和薛南家的丫頭在我剛開門板的時候就來了。托我給幫著寄賣她們新製的點心呢。」

宋氏一拍手，想起薛敬方才的話，忙問：「是不是叫啥桂花糕的？」

柱子媳婦站起身，扯了扯皺起的衣裳下襬，好奇了。「妳怎麼曉得的？」

「還不是薛敬那小娃精怪！我路上遇著他，他和我提的呢。這小娃子，小小年紀，心眼可真多。」宋氏抬手捂嘴直笑，又問：「幾錢一塊啊？若是不貴，我就買來嚐嚐。」

「說貴也貴，說不貴也不貴。一文錢一塊，就是小塊了些。」柱子媳婦說著，端出一個小方碟來，碟裡整整齊齊碼放著十多塊黃澄澄的半透明菱形點心，每塊皆不及成人大拇指的大小，其間夾浮著幾朵桂花。伸出兩根手指比劃一下。「就這麼一小塊，頂上一個雞蛋的錢了。」

「我在縣裡也沒見過哪家鋪子酒樓賣這個，是個稀罕玩意！」宋氏見那點心樣子十分漂亮精緻，價錢也不算太貴，便笑道：「妳先給我來一塊嚐嚐。」

柱子媳婦將小方碟穩穩地端到她面前，叮囑。「仔細著點，別弄髒了。挑邊上的拿。」

宋氏小心地用兩指捏起一塊放入口中，抿了抿嘴，瞬時雙眼一亮。桂花濃郁的芳香，蜂蜜和飴糖的甘甜，合著糕體鬆軟爽口。糕一入口，只覺細膩甜潤，齒頰留香。

宋氏眼睛一亮，驚喜道：「味道可真好呢！」

直到桂花糕被嚥下肚，她仍意猶未盡地咂嘴。邊回味邊笑讚道：「不是我誇，陶瑩那丫頭啊，真是個心靈手巧的。這女娃聰慧，將來生的娃兒肯定也不差。」

柱子媳婦笑嗔她。「妳這還不是誇她？幸虧我知道，要外村不知道的，還以為她與妳家文松訂親了呢。妳怎麼不提薛婉那小丫頭？」

宋氏斜她一眼。「瑩兒漂亮啊。再說也到了說親的年紀了。婉兒還小吧，看那小個子，瞅著就讓人心疼，跟個十一、二歲小女娃似的。哪裡敢往前去說親喲。」

柱子媳婦笑睨著她一眼，一副「我就知道妳偏疼陶瑩」的樣子，又說：「兩丫頭也就相差幾個月而已。」

「妳懂啥？」宋氏不與她多說，笑咪咪地指了指那碟桂花糕。「這碟子裡的我都買了，幫我包好。文松今日去學裡，聽說他先生明天過生辰呢。我就用這新點心，再加兩隻雞、一籃子鴨蛋和兩包茶葉去給他先生當生辰禮，正正好。」

柱子媳婦抿嘴笑了笑，對她的心思也不說破，依言照辦了。

里正家的長子李文松相貌俊朗，又在縣學裡念書，村裡好多家都想讓他當女婿呢。可李文松從小就很喜歡陶瑩，柱子媳婦與宋氏相厚，故而一直知道這事。

聽宋氏方才話裡透出的意思，差不多再幾個月，便要去陶家提親了。在柱子媳婦看來，李文松與陶瑩的親事肯定是水到渠成的。

「咱村裡，像妳這般財大氣粗一下子買這許多的，還沒幾人呢。」柱子媳婦一邊用油紙包著桂花糕，一邊道：「兩個丫頭也怪能折騰。若不是逢年過節，這糕還不一定能賣出去，還好碰上了妳。」

宋氏笑了，挑了一下眉。「誰說今日不是過節？不是過節，我來妳這兒買芝麻做啥。」

柱子媳婦一拍額頭。「正是呢。妳看我都忙糊塗了。今兒是驚蟄，要過炒蟲節呢。我這兒還有一碟桂花糕，那估計也能賣得掉了。」

第十一章

青山村與附近的幾個村子，都有到了驚蟄過炒蟲節的習俗。因為到了驚蟄，春雷始響，冬眠的蟄蟲被雷驚醒，故而村子間便有將黃豆、包穀、芝麻混在一起炒熟食用的習俗，寓意把害蟲炒死，來年獲得好收成。

雖說農家不缺黃豆、包穀和芝麻，但總難以避免的會出現東家缺這樣、西家少那樣的情況。故而每年到了這時候，來小貨棧買這些的人可不少，連帶著貨棧裡其他的貨品也能一起被賣出許多。

「那兩丫頭啊，可機靈著呢。也知道挑妳貨棧客多的時候來寄賣這糕點。」宋氏接過她包好的油紙包，將其與芝麻都放在手上掛著的小竹籃裡，喜孜孜地說了一句，便歸家去了。

宋氏所料不錯，這日裡，陶瑩與薛婉在小貨棧裡寄賣的六十塊桂花糕被賣到一塊不剩。臨到賣光了，還有好幾戶人家聞言趕來問何時能進新貨。

柱子媳婦只收了兩人五文的寄賣錢，其餘五十五文錢都給了兩個女娃。

薛婉算了算，減去成本錢，兩人一人分了十六文錢。

薛婉感覺賣桂花糕來錢遠不如她爹賣的新犁快又多，很是平靜。但陶瑩是第一次利用自己的手藝賺到錢，興奮地拉著薛婉的袖子嘀咕了半天。

柱子媳婦見兩個俏丫頭在自己貨棧前開心的有說有笑，脆亮的嗓音婉轉動聽，像兩隻可愛的小黃鸝，便好心提醒。

「咱村裡啊，不識貨的人多著呢。再說都是農家人，吃飽便知足了。妳們這小東西稀罕得緊，不如等之後的上巳節，多做一些，讓妳們爹娘挑去縣城裡賣。一塊賣個兩文錢，也不愁賣不出去。縣裡有錢的老爺、太太們可多了，只要妳們賣的零食精緻、味道好，一定不缺客人捧場。」

薛婉覺得柱子媳婦不愧是開貨棧的，眼光和給出的賺錢建議比她這個技術宅的工科女好多了，自然也比陶瑩這大門不出二門不邁的姑娘要好。兩人都鄭重與她道了謝，這才牽著手一起回家去。

傍晚，走在田間的小道上，雖然天際不時傳來隆隆雷聲，可陶瑩仍是抑制不住自己的興奮。

「婉兒，真的謝謝妳。」陶瑩雙眸水亮，臉蛋微紅，彷彿含苞待放的桃花一般嬌美，整個人都顯得神采飛揚。「我從未想過靠下廚也能賺錢。」

村子裡不是沒有巧手的婦人，會做些糖點心、蜜角子去小貨棧寄賣。有些甚至是家傳的手藝，但多數都是些已嫁為人婦的女子。

像陶瑩這種快到說親年紀的少女做零食賣錢的，迄今為止，在青山村，她是第一例。當時桂花糕做好後，薛婉提出要和她一起去小貨棧時，陶瑩臉紅得幾乎滴血。

這不能怪她，村中到了說親年紀的少女都會被爹娘長輩拘在家中，鮮少會到外面拋頭露面。

薛婉對這種情形有些無法理解，明明之前能在田裡自由穿梭玩鬧的少女，為何一到了近及笄，就不能隨意出門了？

於是她睜著一雙無辜的眼睛問陶瑩。「瑩兒姐姐，妳為啥那麼害羞咧？只不過去小貨棧寄賣東西，妳都不敢啊？」

陶瑩反而用一種很奇怪的眼神望著她問：「婉兒娘沒和妳說過嗎？我娘說，女娃到快要說親的年紀就要待在家中做飯繡花，免得出門萬一惹出事來，壞了名聲就說不到好人家了。村裡總有些壞小子，成日偷雞摸狗到處惹事的。姑娘家家的，若外出遇上他們，被混鬧一頓，可是倒了大楣呢。」

薛婉眉毛一抖，嘿嘿乾笑兩聲，心想：以前這身體的原主性子那麼悶，她也不愛出門啊。再說她還未及笄，恐怕是陳氏見她乖巧，就沒急著與她說這些事。生怕說了之後，女兒更悶，成日憋在家中給悶壞了。

薛婉歪著頭問：「那些壞小子會做很壞的事嗎？比如牽妳的手、摸妳的臉、摟妳的腰之類的？」再糟一點的猜測薛婉沒說，她怕以陶瑩臉皮厚薄的低段位，聽了會直接羞暈過去。

不過，她顯然還是不夠明白這時空女子的羞澀。

陶瑩臉上的紅暈頓時漫過纖細的脖頸，她實在弄不懂為何薛婉能毫無顧忌的問出如此大膽的話，而且完全都不臉紅的，嘴上卻強撐著回說：「那、那倒沒有。就、就是會對妳說些混帳話，還會一直盯著妳瞧。」

薛婉鬆了口氣，晃著步子傻樂。「那怕啥啊？說些混帳話，那就不理他們好了。若盯著咱們看，就讓他們看啊。又不會少塊肉。」

陶瑩見她一副沒聽進去話的憨樣子，無奈笑著點她的額頭。「妳這丫頭，早前我與妳不熟，只聽村裡的大娘、嫂子們說妳性子怪，又悶，不愛說話也不怎麼搭理人。來往這些時日，才發現妳一點兒也不悶。妳心裡主意正著呢，想的卻都不是尋常女娃能想或敢想的事。咱們女娃須牢記的要緊事，妳反而不在意，瞧著倒有些沒心沒肺，怪得很呢。」

薛婉悄悄撇嘴。

可不是怪嗎？我可是異世來客呢。穿越之前成天混在男人堆裡，與他們一起學習一起工作，心早就混粗糙了，細膩不起來。若想成為這裡土生土長的地道女娃，可難了。

大清早的時候，薛婉無法將陶瑩拖出她家的院子，便只得拎著剛做好的桂花糕，喊了小弟薛敬與自己一起去了小貨棧。與杜子家的嬸子嘰哩呱啦說明了原由，又介紹了她們製出的新點心，這才回家去。

直到日落西沈，薛婉以收錢為誘餌，才將羞答答的陶瑩拉出家門一起去到小貨棧看成果。

此時，金橙夕陽將一高一矮兩名少女的影子拉得長長的，美好的像是一幅畫。兩人一路走、一路說笑，走到村中間的時候，身後忽然趕上來一輛牛車。

那牛車跑近了些，從車上跳下一個身形高眺的年輕男子，恰好站在兩人身前幾步。

暮色下，周圍景致變得朦朧模糊起來。薛婉與陶瑩嚇了一跳，直到那人規規矩矩地立在兩人面前，才看清他是誰。

薛婉在腦中搜索一番，得知此人名叫李文松，是里正家的大兒子。他身穿一身天青色的書生襴衫，頭上繫著同色系的布巾子，應是縣學裡的書生們統一發的衣裳。

「瑩兒妹妹、婉兒妹妹，有禮。」李文松對兩人行了個書生禮，俊朗的臉上帶著笑意。「妳們可是要歸家去？天色已晚，不若乘我二叔的牛車，送妳們一段？」

陶瑩臉頰緋紅，雙眸含水，垂著頭窘迫地推辭。「不用了，我、我們就快到了。李大哥還是趕緊回家去吧。」

薛婉見那舉止儒雅的少年書生，眸光時不時地劃過陶瑩的臉頰，心裡立刻明瞭。

這位就是傳聞中的村草？看他這眉目含情望著身旁美少女的模樣，明顯心儀她的陶瑩姐姐啊……而陶瑩姐姐，似乎對他也有意？不然又怎麼會含羞帶怯地回望他？

薛婉抿著嘴，感覺自己像顆一萬瓦的電燈泡，可她又不能離開只留陶瑩一個人與李文松說話，於是只好硬著頭皮說：「李大哥有禮。我們離家沒多遠了，你趕緊回家去吃飯吧。今日我與陶瑩姐姐做了桂花糕拿去小貨棧賣，聽說宋大娘買了一半呢。你快回家嚐嚐我們的手藝。」

李文松眼中閃過喜色，連忙說：「好，我回家一定嚐嚐。」說著，也不見他重新跳上牛車，只與他二叔稍微說了幾句，他二叔便趕著牛車先走了。

陶瑩始終埋著頭，做鵪鶉狀。薛婉卻沒那麼多顧慮，嘻嘻笑著問他。「咦？李二叔先走了？李大哥你怎麼不跟著一起啊？」

陶瑩的臉頓時變得更紅了。

李文松忽略薛婉眼中的促狹，挺直脊背，坦然道：「天色漸晚。我送妳們兩個小姑娘一程，更穩妥些。」

薛婉斜睨著他繼續笑，也不戳破他的心思。心中卻想：自己這電燈泡還挺管用。要不是有自己陪著，李文松和陶瑩兩人走在一起就不合適了。但加上她，三人一道走，反而光明正大，不會被鄰里們說閒話。

薛婉回到家中，陳氏正坐在堂屋門口，趁天還未黑，側倚在門邊，瞇著眼睛納鞋底。

「娘，怎麼不點油燈？天色已暗，妳這樣可費眼力呢。」薛婉趕忙幾大步走上前去，將陳氏扶起，半推半扶的將她推到堂屋桌子旁的條凳上坐下。又取過灶臺上的火摺子將油燈點燃。

陳氏笑她太小題大做，卻順從地就著油燈又埋頭納起鞋底。

薛婉去灶頭的大鍋裡舀了一碗熱水，兩手捧著水碗一邊呵氣一邊對陳氏說：

「娘，我今兒與瑩兒姐姐拿去小貨棧寄賣的桂花糕全賣光了。」

陳氏臉上現出笑意，抬頭掃了一眼女兒，柔聲問：「哦？賣了幾錢？」

「我與瑩兒姐姐分下來，一人得了十六文錢。」薛婉說著，將藏在衣帶裡的十六文銅錢掏出來，放在桌上，往陳氏面前推去，笑咪咪地望著她。「給娘，收好呀！」

瞧見薛婉是從衣帶裡摸出的銅錢，連個裝錢的荷包都沒有，陳氏心裡酸得難受，她拿針的手停了停，眼睛紅了，搖搖頭。「婉兒收著吧。這錢本就是妳賺來的。」

以往在老宅，她不經意看到過奶奶孫氏悄悄給大堂伯家的幾個娃兒塞零用錢。薛敬因為每日要去縣裡念書，孫氏還會給他九、十文錢花用。可輪到薛婉，卻是從未自她奶奶那兒得過什麼錢。

這個女兒，之前從不在家中爭搶長輩們的寵愛，現今想來，著實讓人心疼。心裡感慨又愧疚，陳氏根本沒打算要薛婉今兒賺來的錢。還想著今後家裡日子若好過些，便每月都給個一、二十文錢給薛婉當體己。

陳氏沈沈嘆了一聲，收起傷感。「十六文錢，頂上去別人家裡做一天短工的錢了。」又摸摸她的頭髮，欣慰的說：「婉兒大了，越發聰慧，知道怎麼賺錢了。」

「不是每日都能這麼好賣。今兒不是驚蟄嗎？逢炒蟲節，去小貨棧的客人多，才不愁賣的。」薛婉皺皺鼻子，悠閒地喝了口熱水。「照我說呀，在咱們村子裡，也就逢年過節能賣點，掙些零花錢。並非長久營生。」

「能掙點零花錢已經很好了，還不知足？哪家小丫頭能像妳與瑩兒那般，還未及笄就能想法子幫家中掙錢了？娘可知足呢。」嘴上勸著，陳氏語氣卻不急。聽女兒的話意，她並未覺得女兒為此而沮喪。反倒像是可有可無似的，不太上心，有之當然好，無之她也不在意。

對於這點，陳氏心裡頗感稀奇。婉兒近來的確開朗許多，但她也覺得在變開朗的同時，女兒也心粗、心大了不少。

陳氏明白女兒家從小到大，經歷稚童階段，再到長成荳蔻少女，想法多少都會隨著年齡轉變。但婉兒的轉變，總讓她覺得說不出的不對勁，與尋常農家同齡少女相比，感覺婉兒的轉變怪異得很。

難道，上次的打擊還沒緩過來？

這念頭讓陳氏心底更酸了。

被陳氏一說，薛婉心中忽的泛起一陣警覺。也對，她現在這個身體才十四歲，她不能將穿越前自己獨立工作、獨立賺錢養家的思維搬到這個時空來。小女娃就得有小女娃的樣子，否則太過特立獨行，遲早有天會被懷疑的。

吐了下舌頭，薛婉趕緊扯開話題。「娘，我今兒與瑩兒姐姐回家時，妳猜我遇見誰了？」

陳氏沒抬頭，手裡的活計也沒停，隨意問了一句。「誰啊？」

「我遇見里正家的李文松了。他看見我和瑩兒姐姐在路上走，還特意從牛車上跳下來說要送我們回家呢。」頓了一下，薛婉的眼睛微閃，一臉興高采烈的問陳氏。「娘，我看那李文松啊，對瑩兒姐姐可用心了。」

「這孩子，怎麼什麼妳都敢瞎說。」陳氏倏地放下納了一半的鞋底，抬頭看了看四周，用力拍了一下薛婉的手臂。

薛婉被陳氏訓得莫名其妙。「怎麼了啊？」

「妳瑩兒姐姐快到說親的年紀了，以後這類話，除非在家裡，否則千萬別在外頭亂說，會影響她名聲的。」

薛婉「啊」了一聲，後知後覺點點頭。「娘放心，這不是在家嗎？我就與妳說說，對旁的人我隻字不提。」

陳氏微微點頭，又執起鞋底繼續穿針引線。

「李文松說要送我們回家，瑩兒姐姐臉紅得厲害呢。難道她也滿意那李文松嗎？」薛婉好奇不已。

「李家那娃兒要說起來呢，在咱青山村同齡的男娃裡，的確出挑。家裡頭殷實，他又能讀書識字，個子高，相貌又俊。村裡的女娃們稀罕他，那是再正常不過了。」

陳氏沒正面回答薛婉的問題，但說的意思也差不多。薛婉點點頭。「也對。這麼優秀，沒道理不喜歡的吧？我看吶，若是他家去提親，陶叔、陶嬸八成很快就同意了。」

陳氏沒接話，算是默認了。

薛婉杵著下巴發呆，感嘆好不容易來了個能談得來、脾氣性格都很好的好閨密，卻是沒多久就要嫁人了。想想心裡就有種淡淡的憂傷……

第十二章

「娘，姐姐，我回來了。」清潤的男童聲音，在寂靜的院子裡突兀的響起。將專心做活的陳氏和發呆的薛婉都嚇了一跳。

「敬哥兒，你回來怎麼一點腳步聲都沒有啊！嚇我一跳。」薛婉從桌邊倏的站起，望著一身小書生扮相的安靜男娃，覺得他就像這黃昏傍晚的小院一樣的清寂。昏暗的光線，使他秀氣的小臉模糊不清，朦朧的彷彿矇著一層細紗。

也不知他回來多久了，又將她和陳氏的對話聽進去多少……

薛敬見姐姐嚇得蹦起來，這才又出聲，嘴角噙著淺淺笑意，長長的睫毛微顫，大眼睛一閃一閃的。「是妳與娘說話說得太專心了。」一邊說，一邊將身後的小書簍放下，慢悠悠的朝堂屋進來。

薛婉見他一副淡然的小大人樣，突然覺得也許這乖巧男娃，內裡是個小芝麻餡的湯圓也說不定呢。

陳氏放下手中的鞋底，樂呵呵的與他說話，問他餓不餓、渴不渴。又去灶間另一個灶頭裡溫著的飯菜端出來擺上桌，叮囑他趕緊吃飯。

該聊的八卦聊得差不多了，自己想知道的也都知道了。薛婉的心思又回到了賺錢上，便問：「娘，上巳節時，能不能讓爹與我一起去縣裡擺攤賣桂花糕啊？那天人多，一定好賣的。」

陳氏笑說：「若是農忙忙得過來，就讓他陪妳去。」頓了頓，又說：「妳啊，怎的最近這麼想賺錢？掉錢眼裡去了？」

薛婉呵呵笑了。「有錢，說話就硬啊！銀子就是實力，妳看那次我賺了十兩銀子回來，奶奶不是被我們堵得沒話說了嗎？」

薛敬聽了，一邊往嘴裡啊嗚啊嗚扒飯，一邊嗯嗯點著小腦袋表示贊同。薛婉望著他亮晶晶的黑眼睛，笑他心思重。

陳氏抿嘴，回想起上次鬧和離鬧分家的場面，心裡也是解氣，於是略微用力點頭。「別說，還真就是。妳這丫頭歲數不大，看得還怪透的。」心裡又想著，女兒怪是怪了些，但很懂事。她想方法賺錢，這也不算啥壞事。今後女兒再有啥點子，只要不過分，自己都不會攔著她。

時正三月初三，是一年一度的上巳佳節。

薛家與陶家兩家人都起了個大早。今日是春上的大節，薛婉與陶瑩商量著做一些桂花糕，趁去踏青的人多，打算去賣掉賺些小錢。

薛婉到陶家時，李氏與陶瑩正將昨日準備的乾桂花與蜂蜜、飴糖分裝在大小不一的陶碗中。自從薛婉鼓動陶瑩做桂花糕賺過一次錢後，陶叔和李氏都對薛婉來找自家閨女表現出了極大的熱情。

見薛婉進了堂屋，身後還跟著小尾巴似的薛敬，李氏熱情的招呼他們。「婉兒和敬哥兒來了，吃過早飯沒？沒吃過在我家吃些？」

「用過了。不麻煩了，陶嬸。」薛婉笑咪咪的說，又轉頭對身後的薛敬說：「小弟，要不要和彩兒姐姐去玩？」

相對於其他在田間瘋跑每天都滾得一身泥土的小男娃而言，薛敬是個乖得出奇的男娃，薛婉從未看見他會瘋得一身髒兮兮的從外面回來。

在穿越過來之後的這個把月的時間裡，薛婉只偶爾見他會跟薛春生和薛夏生兩人一起拿著彈弓去老宅附近的幾棵大杏樹下打鳥，還都是薛春生來叫他，他才去的。

其他時間，薛敬都會安靜的待在家中，或者挺著細瘦的小脊背描大字，或者搖晃著小腦袋背誦在私塾裡學過的詩文。

薛婉時常覺得，這位小弟弟也許就是以前戲文裡說的古代書生的標準典範。

「敬哥兒，走，我帶你去看我爹新抓來的小兔子。」陶彩清脆嫩亮的小嗓子響起，打斷了薛婉的愣神。

薛婉拍了拍薛敬的小腦袋。「去吧。和你彩兒姐姐去玩一會兒。姐姐要和瑩兒姐姐一起做桂花糕了。」

薛敬抿了抿嘴，黑亮的大眼睛裡閃著猶豫的光，看了看正在幹活的陶瑩和李氏，又轉頭看向站在堂屋門口對自己招手的陶彩，似乎在想是留下來幫李氏和姐姐們做事還是跟陶彩去玩。

李氏見他那副乖巧惹人疼的小模樣，心裡稀罕得厲害，笑說：「去吧。去和你彩兒姐姐玩會兒。玩夠了再進來幫陶嬸折桔稈。」

薛敬點點頭，鬆開牽著薛婉的手，與陶彩拿著裝草料的簸箕出了堂屋。

「唉，妳家敬哥兒真是我見過最乖的男娃了。」李氏半垂眼簾低聲說著，語氣中透出顯而易見的欣羨。

薛婉知道她原先在婆家時，因為沒生個男娃，被婆婆刁難得厲害。心裡唏嘘不已，便安慰道：「陶嬸好好培養瑩兒姐姐和彩兒妹妹，以後啊，讓她們給妳找兩個厲害女婿。要麼是做官的，要麼是經商賺大錢的。氣死以前欺負過妳的那些人！」

李氏冷不防的聽見薛婉忽然口出豪言，一時不知該說什麼，只驚訝地望著她。

隔了好一會兒，才在心裡嘆了一聲「乖乖喲」。薛家這丫頭可不得了，平日話不多，一開口就能驚得別人丟了魂。

鄉里丫頭哪個敢隨意和長輩談論這個？多數女兒家一聽到婚嫁，不是羞得紅透了臉，就是扭身躲出去了。偏偏她就敢淡定的與長輩說這些，而且說出的話還這麼……大膽。

因薛婉一臉坦然，李氏心裡便無法生出她輕狂的念頭，反而將她方才的話聽了進去。雖說那些顯然遙不可及，但薛婉所言，著實熨帖到她骨子裡去了。

頓時盤踞心頭的壓抑一掃而空，變得敞亮起來。對啊！她有兩個很好的閨女呢。與其想那不切實際的，不如好好教導她們更實際。等今後給她倆尋門好親事，她這當娘的也就安心了。

薛婉見李氏臉上恢復了神采，遂笑著走到陶瑩身旁，幫她一起加水攪拌糯米粉。

陶瑩笑著接過她手下的陶碗。「這個太費力。我來攪拌，妳來加糖吧。」

自從薛婉和陶瑩第一次做桂花糕之後，陶瑩做這糕點的手藝就突飛猛進。如今只要是兩人合力做桂花糕時，做著做著，就會變成薛婉幫陶瑩打下手。

幾人忙碌沒多久，陶彩與薛敬兩個小的就一前一後地回到灶間裡。

「他呀，玩了一會兒，說是放心不下姐姐，要回來幫忙呢。」陶彩嗔了身後的薛敬一句，杏核大眼裡帶著寵溺的笑意。

陶瑩對薛敬柔柔笑著，招了招手。「敬哥兒來，幫你姐姐舀蜂蜜吧。等會兒做好了，第一塊糕先給你吃。」

薛婉看看眼含笑意的李氏，再看看陶瑩與陶彩，見她們盯著薛敬的眼睛亮閃閃的，都知道她們是真心喜歡薛敬，也知道這幾位心底盼家中有男娃盼得厲害。一時不知該說些什麼，只能安靜地埋頭專心幹活了。

當朝陽將天邊染得瑰麗一片時，陶三福揮舞著牛鞭，載著李氏和自己的兩個閨女，外加薛家一家人，趕著牛車「噠噠」地奔上了鄉間通往縣城的小道。

太陽徹底升起，驅散清晨的薄霧輕寒，吹過臉龐的東風蘊著暮春溫柔而含蓄的暖意，讓人無比愜意。

道路兩旁，綠意盎然。偶有白梅紅梅的花瓣隨春風飄落，點點落在路人的頭上、衣上，黃鶯婉轉的叫聲，池塘裡的蛙鳴聲，不時在四周響起。

遙遙望見縣城的城門，陶三福卻不進城，而是趕著牛車，向城郊的隆福寺而去。

今日是上巳節，那些有錢的公子少爺、大姑娘小媳婦們未必還會如往日趕集那般，朝縣城裡幾條最熱鬧的街巷去擠。

近兩年的上巳節，人們似乎更願意去縣郊的隆福寺燒香祈福。隆福寺外有條玉清河，河沿岸楊柳依依，風景秀美，不少香客燒完香還會去玉清河邊踏青採蘭。連帶著好些貨郎也跟著人潮去那附近支起攤位，趁著人多熱鬧賣些小物件。

到了隆福寺門外，果然人潮如織，進出往來的香客絡繹不絕，熱鬧非凡。

陶三福與薛南兩人負責擺攤，讓自家媳婦帶著娃兒們去燒香和遊玩。

李氏與陳氏想先進寺裡燒香祈福，四個娃兒卻想去河邊採蘭。

陶瑩與薛婉都是快滿十四歲的大姑娘了，帶個小的去玩，李氏與陳氏倒也放心。

於是幾人商量好，一個時辰後，在隆福寺陶三福與薛南的攤位前集合。

這個時辰裡，就由著他們自個兒去逛。

陶瑩與陶彩被路邊五顏六色的各式繡品帕子所吸引，停在一個繡品攤子前津津有味地看起來。

薛婉對這些不太感興趣，便牽著薛敬漫無目的的閒逛。不一會兒，雙方居然不知不覺地走散了。

當路過一處專門賣男娃喜歡的物件的攤位時，薛婉被那板車上滿滿一大排的彈弓給吸引住了。

那些彈弓有大有小，有顏色深些的，也有顏色淺些的。薛婉掃了一眼所有的彈弓，發現大部分彈弓上繫著的皮筋都是寬寬的一根，只有其中一、兩個，是用兩根皮筋的。

薛婉拿起其中一個單根皮筋和一個雙根皮筋的，分別拉了拉，遞給一旁的薛敬。「小弟，你試試。看看它們有何不同。」

薛敬眼睛亮晶晶的，接過姐姐遞來的兩個彈弓，分別用力拉了拉皮筋。「單根皮筋的，不如雙根皮筋的收縮好。」

「對。」薛婉摸摸薛敬的頭。「若論收縮性，肯定是多股皮筋比單股的要好。」

賣彈弓的是個年輕小夥子，見薛婉一小姑娘，居然對男娃常玩的玩意兒有所了解，趕忙熱情地說：「這位小姑娘對彈弓似乎很在行？要不要買一副回去玩？」

薛婉搖頭。「不，不用。我家裡有的。」說著，頓了一下，又問：「小哥，你這兒有沒有石珠子？」

鄉間小子們玩的彈弓，多用泥塊、小石頭配著射，但泥塊和石頭形狀不均，在使力彈出時往往無法飛得太遠。若換成鋼珠，那彈弓的威力將會增加數倍，直接用來當防身武器使用也無不可。可惜這裡沒有鋼珠，所以薛婉只能試著問小販有沒有石珠。

年輕小夥子聽薛婉居然想買石珠子，神情一凜，忙勸道：「啊，妳還玩石珠子啊？那東西力勁可大了。用來打獵還行，若用來射人，容易射出個好歹來呢。」

薛敬仰頭，望著薛婉的大眼睛裡滿是不解。

薛婉安撫似的拍拍薛敬的肩，心想：我就是要力勁大的啊！

小弟看上去太過柔弱軟糯，薛婉總擔心他在外面受人欺負，再說他們家住在村尾，偏得很，若遇見歹人小偷之類，配了石珠子的彈弓還能當做暗器用來防身。便說：「小哥放心吧，咱不用那東西射人，我是想買來給弟弟，讓他幫我爹打獵的時候用呢。」

年輕小夥子聽了，這才吁出口氣，一邊從板車下繫的布袋裡取出石珠，一邊叮囑道：「那就好、那就好。可千萬別用來射人啊。」

薛婉點頭，笑問幾錢。

小夥子說兩文錢一枚。雖說材料不值錢，可打磨起來確實費事，故而成本都算到了人力上。

薛婉也知道小哥說的是實在話，沒和他討價還價，要了十枚石珠子，乾脆的付完錢，牽著小弟薛敬離開了。

兩人走到一棵枝繁葉茂的杏樹旁，薛敬實在憋不住，終於停下腳步問薛婉。

「姐姐，妳為何要花那二十文錢買石珠子啊？我又不用幫爹打獵。姐姐得錢不易，何不自己留下買絹花？」

薛婉本在欣賞周圍景致，被薛敬一問，於是蹲下來，將他拉近，打算讓他有點自保意識，遂決定先好好給他上一課。

沒承想，兩人私下裡說的話，都不經意地落入他人之耳。

「少爺，那不是薛姑娘嗎？咱們要不要去叫住他們？」小廝問。

「嗯，先不急。」從相距不遠的另一棵杏樹後慢慢走出一個人來，玉樹臨風地立於樹蔭處，霜色長衫被吹拂於河岸邊的春風揚起一角。

薛婉蹲在薛敬面前，摸了摸他的小腦袋，柔聲解釋。

「敬哥兒，姐姐買的這些石珠子，是給你用來防身，並非玩耍的。往日你從不與他人爭執打架，但作為男娃，該有的脾氣和膽量還是要有。若有人敢欺負你，甚至讓你受傷，你就要毫不猶豫的用彈弓來擊退他。再說，咱家住得偏，萬一爹娘不在，這配了石珠子的彈弓是可以用來當做武器使用。凡事都應當防患於未然。人無遠慮，必有近憂，知道嗎？」

薛婉是真的很喜歡這個心善又乖巧的小弟，因此本著怕他吃虧的想法，今天好好與他說了一番道理。希望他能稍微硬氣一點，別總是軟糯糯的，一副好欺負的樣子。

「姐姐知道，敬哥兒不是會隨意欺負別人的娃兒，對嗎？」

薛敬用力點點頭，「嗯」了一聲。

「所以敬哥兒也不會無緣無故的用彈弓和石珠子傷人，對不？」

薛敬又點頭。薛婉徹底放下心來。很好，這樣就不怕他以後會拿石珠子亂射人，又能給他當個防身兵器，她很滿意。

第十三章

薛婉與薛敬姐弟倆心情愉悅，牽著手一邊欣賞隆福寺周圍的暮春風景，一邊往前走。

玉清河邊栽種了不少柳樹。春風一過，垂下的柳枝拂過碧色水面，撩起一圈圈的瀲灩碧波。河沿傳來不遠處浣衣女子們的歌聲，高低婉轉，成為這春日助興的美妙佳曲。

往西面一片平坦的草坪，三五成群的丫頭小子們正在放紙鳶。五顏六色的蝴蝶、蜻蜓造型的紙鳶被細細的線繩牽引，隨著風兒漫漫飄飛。和煦的春風中傳來孩童們歡快的笑鬧聲。

走在前面的姐弟兩人被這美麗春景引得頻頻駐足觀望，走在後面的主僕二人卻在討論方才不小心聽見的那兩姐弟的對話。

這主僕二人正是陸桓與其小廝小武。兩人是因上巳節出門踏青，在此瞧見了薛婉和她的弟弟。

小廝小武跟著陸桓慢悠悠的腳步，皺了皺眉，抬頭問他。「少爺，你說這薛婉真是女娃嗎？總喜歡這男娃喜歡的東西……」

陸桓輕輕掃他一眼，腳步不緊不慢，始終與前方的姐弟倆保持一段距離。「誰說女子就非得喜歡女兒家的東西了？」

小武歪著頭，不解道：「這多奇怪啊！」

陸桓勾起嘴角，不答反問道：「世間百花，各有姿態。小武，你喜歡什麼花？」

小武沒想到自家少爺突然轉話題，想了想，才答道：「菊花！能看，還能用來泡茶喝！」

陸桓頷首，卻道：「我卻愛梅花傲雪凌寒。小武是否覺得，我該與你一樣？或者你該與我一樣？」

小武嘿嘿笑了。「各人喜歡什麼花，就喜歡唄。這哪還需強求的？」少爺待他們這些下人素來寬厚，故而小武才敢隨意在他面前說實話。

陸桓微微點頭。「這便是了。」

小武不明所以。「便是什麼？」

陸桓只道：「便是答案。你方才最先問我的問題的答案。」

小武尋思片刻，卻想不明白，抓頭說道：「少爺，我知你為人是正人君子，不願背著他人評頭論足。可你如此說法，我聽不懂啊！」

陸桓微微一笑。「聽不懂便聽不懂吧。總有一日會懂的。」

小武很無奈，只得繼續抓頭苦思冥想。想了半天，還真讓他琢磨出一絲不尋常的味道。

少爺那番話，似乎隱隱有維護那薛家丫頭的意思啊？

薛婉與薛敬二人在玉清河周圍逛了會兒，因為心中擔心攤子的生意，所以沒多久便又走回攤子那邊去了。

兩人回去時，攤位上剛送走一批客人。

「爹、陶叔，生意如何？買咱們桂花糕的人多嗎？」薛婉牽著薛敬的手興沖沖地跑上前去。

陶三福黝黑的臉上滿是喜意，笑得都合不攏嘴。「多，可多了。都說沒見過這種糕點，瞧著好看，聞著還香。」

薛南臉上的笑容亦是止也止不住，高興到直搓手。「沒想到妳這小丫頭和瑩姐兒兩人瞎搗鼓，竟比妳們兩個的爹去打那短工掙得還多。」

薛敬的眼睛亮晶晶的，一會兒看看自己的爹，一會兒又看看陶叔。

薛婉與高采烈的朝板車上的竹筐裡看。「還剩多少了？」

薛南說：「不多了。只剩十塊了。」

薛婉一聽，喜得整個臉都放光。他們出來時，做了兩百塊桂花糕。這才多久，便已賣出一百九十塊了！

「那再吆喝兩聲，咱很快就能把剩下的給賣光了！」薛婉望著竹筐裡僅剩的一點桂花糕，剛想揚聲幫著一起叫賣，卻聽薛南道：「陸少爺，您、您怎麼來了？」

薛婉聞聲望去，只見來人身形修長，面如冠玉，著一身霜色錦緞長衫，靛色腰帶上綴著一枚碧色翡翠玉環，在陽光的照射下顯得清雅簡潔又不失貴氣。

此時他正溫雅有禮的與薛南、陶三福及薛婉頷首見禮。「上巳佳節，出來踏青。」說著，往板車的竹筐裡看了一眼，不由眼露興味。「薛大叔還會製糕？」

陶三福對他這等一看便是富家公子的人向自己行禮顯得頗為侷促不安，而薛南與他畢竟算是半個熟人，僅是笑容顯得有些拘謹，笑回道：「哪裡。這是我家丫頭與三福哥家的丫頭一起做的。我們兩個爹只負責出力氣趕車賣糕。」

陸桓看了薛婉一眼，眼中閃過一抹精光，又問薛南。「此糕觀之晶瑩剔透，聞之香氣宜人，我倒是從未見過。不知是何名堂？」

薛南笑呵呵地說：「以前我也沒見過呢。我閨女說這叫桂花糕。陸少爺想嚐嚐嗎？」說著，便去拿油紙，想給他把那剩下的十塊桂花糕都包起來。

陸桓嘴角噙著笑意，點點頭，星眸中流露出親切的神采，讓人如沐春風。「既然遇見，自然要捧個場。這糕如何賣？」

薛南剛想說怎麼能收陸少爺的錢，話還沒出口，薛婉趕忙扯了下薛南的衣袖，搶先說：「陸少爺，這糕咱原是賣十文四塊，給您的話，當然要優惠一些。十文五塊。」

這個定價是陶家和薛家提前幾日就想好的。不像在他們青山村裡只賣一文錢一塊。縣裡有錢人多，他們的桂花糕又是獨一無二的，趁此上巳佳節人多之際，賣到兩文半一塊也不愁沒人買。

陸桓頷首。一旁的小廝小武很快便掏出錢袋，摸出二十文錢來遞給薛南，說：「那這十塊都賣給我們吧。」

薛婉對兩人露出一個甜笑。「好，這就給陸少爺包起來。」

回府的路上，小武越想越覺得心裡不對勁，找陸桓抱怨。「少爺。那薛家父女也太不識好歹了吧？咱們想買，於他們而言是天大的面子了，他們應該送給咱們才對啊！怎麼還好意思收錢呢？」

陸桓拿扇子輕輕敲了一下他的頭，清潤的嗓音中透出幾分嚴厲。「別人辛苦做了糕點做生意，憑什麼平白無故地送給我們？」

「可、可原先來咱家找少爺的那些小姐，哪個不是總給咱們送這送那的來討好您？」小武很是不服。

「小武，你要弄清兩件事。第一，薛家父女並非主動找我們，是我們與他們偶遇。第二，薛家父女並未討好我。」

小武擰著眉毛，還在強撐。「可他們賣新犁，是有求於您啊。」

「買賣本就屬於自願，他們只是來寄賣新犁，並未求著我們買。若他們將犁拿到別家鋪子，也能賣得掉。再說新犁是新犁，糕點是糕點，完全兩件事，你為何要將它們混為一談？」

聽陸桓的語氣嚴肅起來，小武不敢繼續頂撞，訕訕地閉了嘴。

陸桓見他有些垂頭喪氣，又將語氣放緩，換了個說法。「小武不覺得那小丫頭很明事理嗎？」

小武抬頭，疑惑地望著比自己高半個頭的清雅公子。

陸桓溫聲給自家還不太靈透的小廝上課。「方才你也聽說了，那桂花糕是兩家人合賣。薛大叔若就這麼不管不顧的將糕點送我，並未事先與陶家大叔商量過，如此則忽略了陶家那位大叔的感受。今後若兩家再想合作，難保陶家的心裡會有些不痛快。薛婉如此做，是顧及她爹與那陶大叔兩人的關係。」

小武聽自家少爺如此說，恍然大悟。「那這麼說來，那姓薛的丫頭，辦事的確是挺周到的！給了優惠，既賣了個好給咱們，又不得罪陶大叔。」

陸桓見小武開了竅，笑著點點頭，欣然道：「是。所以我才說，那小丫頭年紀不大，卻聰慧靈透得緊。」

小武這回反應倒快，隨即嗅出一絲不同的味道來，咧著嘴笑。「少爺。你還是第一次如此誇讚一位姑娘呢。」

陸桓輕咳一聲，默然轉過頭去，臉頰上劃過一閃而逝的羞澀。

白雲縣的縣尊府邸，就設在縣衙之後。與前衙威嚴肅穆的建築風格不同，縣尊大人的內宅布置得頗為雅致。樓閣錯落，綺窗青鎖，房舍四周花草環繞，景致秀美。

府中的海棠和紫藤皆已開花，奼紫嫣紅，十分惹眼。陸桓卻無心欣賞這美景，只輕蹙著眉頭，進了內宅東廂的一間廂房。

門一打開，左側憑几處，一位錦衣華服，插金點翠的美婦歡喜地停下正在插花的手，招呼道：「桓兒，快來。」

陸桓俯首作揖。「母親找兒來，所為何事？」

陸夫人從憑几旁立起，走到案桌旁，拿起其中一幅畫像展開，指著畫中女子說：「來看看，這位姑娘，你可滿意？」

陸桓將視線移到畫像上，只見一位粉面含羞的俏麗女子手持團扇，似笑非笑地望著畫外之人。

陸夫人見他不語，輕輕推了他一下。「如何呀？我瞧著很不錯。這是錢府的嫡小姐。今年芳齡十六，通文曉字，知書達理，琴棋書畫樣樣皆精。」

陸桓搖頭，而後轉身坐到鏤花木椅上，小武捧來清茶。他端到嘴邊，輕輕吹著，抿了一小口。

「這個你又不滿意？」陸夫人不禁一陣頭疼，抬手扶額。每回有媒婆過來給自己兒子提親，他都是這樣。看過以後就去喝茶，喝完茶就會躲進書房去了。「那你到底想找什麼樣的女子？轉眼你就要十八了，你究竟在挑什麼？」

陸桓不緊不慢道：「母親希望我找什麼樣的？大家閨秀、小家碧玉，抑或是聰慧的良家女子？」

陸夫人垂眸嘆息道：「你剛開始議親那會兒，我自然希望你能尋著大家閨秀。可你這般挑剔，一挑竟是三、四年，愣是沒挑出一個來。只要你能點頭，哪怕是小家碧玉，我也認了。」

陸桓輕輕勾起嘴角，心想：那自己還是得再拖拖。以往他是沒有中意之人，單憑畫像，抑或一、兩面之緣，話都沒說過，又怎能知道那些姑娘們的性情如何？娶妻乃是一輩子的大事，他實在無法輕易同一個不相熟的女子在一夜之間就成親，繼而同床共枕一生一世。他要與他爹一樣，娶個自己熟識、父母皆滿意的女子，方才覺得踏實。

若論熟識且聰慧的女子……陸桓心裡隱隱浮現出一個矮小少女的身影。若真能與她相攜白首……雖然尚且算不上熟識，但聰慧靈透卻甚得自己心意。

陸桓眼神透出一絲迷離，心裡依然不太能確定。且因門戶有別，顯然他娘不會輕易答應。興許再拖延一陣，他娘的心思又會變得不一樣了，而自己也能好好思量，更明白自己的心意。

陸桓放下茶杯，喚來門外候著的小武，又對陸夫人說：「母親，您來嚐嚐我今日買的糕點。」

小武將已擺入青瓷碟的桂花糕端上來。陸夫人眼睛一亮，用筷子挾起一塊放入口中細品，驚喜地稱讚道：「好手藝，好糕點。這是什麼糕？以前我在酒樓裡沒見過呢。哪家買來的？」

「不在酒樓裡買的，是在一農戶擺出的小攤子上買的。聽聞是他家的女兒想出來的。」陸桓搖頭，似乎想起什麼，嘴角漸漸浮上一抹淺笑。

陸夫人驚嘆道：「未承想小小農戶，也能有如此巧思。」

陸桓眸中一閃光芒，似真非真的問：「世間事本就難料。萬一兒子今後看中哪家農門女子，母親會否阻攔？」

知子莫若母。兒子從不會說無用之言。對兒子一番隱含深意的話，陸夫人立刻起了警覺，只模稜兩可的說道：「若那農門女子能讓你瞧得入眼，必然是個有本事的。若真有本事，那且到時再看吧。」

陸桓瞇起眼睛淺淺一笑，不再多言。

陸夫人見他鮮少提及女子之事，今日卻主動提及，忽而心中一動，前傾身體，有些焦急地問：「怎麼，莫非你真的看上了一戶農家姑娘？」

陸桓默然，沒否認，卻也沒承認，只道：「母親，秋闈在即。眼見離鄉試的時日僅剩半年。近半年，若再有人上門提婚事，您便先幫我推了吧。」

陸夫人愣了半晌，心想：也對，桓兒的考期已越來越近，還是等他考完再議親不遲。

桓兒從小賦性沈穩，無論讀書或是辦其他事都極有主張，很少讓爹娘操心。故而在親事之上，他們夫妻二人也都會過問他的意見，若是他對他們挑的姑娘不滿意，那很可能會委屈了桓兒。

因此桓兒的婚事，還是要他們夫妻與桓兒皆滿意才行。

母子二人又閒話片刻，陸桓便回去書房念書。

陸夫人看著盤中所剩無幾的桂花糕，腦中靈光一閃，喚來房外的丫鬟，讓她傳小武過來問話。

小武一路小跑過來，剛進房門，便聽陸夫人問：「小武，你近日跟著少爺，可知少爺新結識了哪家農家姑娘嗎？」

「新結識的農家姑娘？」小武歪著頭想了一會兒，一拍腦袋。「啊，真有。之前往咱木匠鋪子裡賣新犁的那個，便是了。」

陸夫人一聽，不禁生出幾分好奇。那木匠鋪子是自己的陪嫁，陸桓每月會幫她去查帳，不想卻是在那男人扎堆兒的鋪子裡，結識了一位小農女？

她越想越覺不可思議，忙讓小武仔細的詳說來龍去脈。

「哦，對了。今兒給夫人帶回來的桂花糕，也是那姑娘家賣的呢。」小武見夫人似是陷入沈思，看見憑几上僅剩兩塊的桂花糕，又補充道。

陸夫人眉間未展，嘴邊卻露出些許苦澀笑意。「聽你如此說，這小丫頭倒確有幾分小聰明。難怪桓兒會對她另眼相看，原來是趣味相投……」

陸夫人家的先祖曾是前朝名匠，一手木工活極為精湛。數年前，宮中失火，陸桓的外曾祖還曾擔任主匠之一，參與皇宮的重整大修。

到了陸桓出生後，許是遺傳自外曾祖父，他自小便對各種機關興趣濃厚。除了讀書識字外，更會花不少功夫研究民間諸多巧妙的機關設計。

若那曲轅犁真是個農家丫頭弄出來的，也難怪陸桓會對她有幾分在意了。可是農家女子，門戶實在太低了些，如何能配得起桓兒？陸夫人對此很是不滿。

也罷。也許那丫頭只是運氣好，碰巧罷了。反正桓兒也沒挑明了說屬意於她，那就再等等看吧……

第十四章

等到約定的時間，陳氏與李氏，陶瑩和陶彩都回到了陶三福和薛南的攤位前。幾人收了攤子，避到無人的角落，興沖沖的將賣桂花糕得來的錢數了數，扣去成本，居然賺了近四百文錢。

薛南與陳氏兩人面對賺來的四百文錢表現的倒還好。畢竟有了之前薛婉一日之內賺回十兩銀，以及賣新犁賺回四兩銀這兩次的大驚喜，面對四百文錢，他們尚且從容。

但陶三福和李氏卻是高興壞了。他們夫妻二人總在村裡幫家裡田地多或是要起房子的村人打短工。一天忙活下來，一個人也就能得十五到十八個錢。而陶瑩僅是忙活個大早，一下子就能掙兩百文錢。

於他們夫妻來看，這在以前是想都未曾想過，也不敢想的事。此刻，二人正激動得雙眼發紅，滿面放光。

陶三福不善言辭，只是不停地搓著大手憨笑。

李氏卻拉著陳氏的手，聲音微顫，連連向陳氏道謝。「婉兒娘，妳、妳叫我說什麼好。我和瑩兒爹原是想著，瑩丫頭手藝巧，以後在夫家能討她公婆和男人歡心。」

說到這裡，頓了一下，喟嘆道：「但我倆從未想過，就憑咱瑩兒的巧手，也是能賺錢的。這都得謝謝妳，謝謝妳家婉兒這丫頭。腦子活泛，知道得多，才弄出這個零食，讓我家瑩兒跟著沾光。」

陳氏感慨地輕拍她的手。「不用謝我。這呀，都是孩子們的福氣。」

兩人對望一眼，在彼此眼中看到相似的想法。她們兩人在婆家都受夠了婆婆的氣，此刻自家娃兒能爭氣，無不感到無比欣慰與自豪。

等到分錢時，薛婉笑咪咪的說：「陶叔、陶嬸，我家只拿三分之一就好，畢竟大多數的活計都是瑩兒姐姐在做，彩兒和陶嬸當時也幫了不少忙。」桂花糕的做法也不是自己想出來的。她也只是做了些和麵、撒調味料的步驟，讓她分走一半，她心裡覺得挺心虛的。

誰料話一出口，陶家四口齊齊變了臉色。

陶瑩連忙擺手，面露羞赧。

「那怎麼行？點子是妳想出來的，做法也是妳告訴我的。妳才分那麼點錢，可使不得！」

李氏更是一個勁兒推辭。

「使不得、使不得。婉兒要是再這樣，以後我家都不好意思做這糕點了。還是對半分吧。」

陶叔跟著直搖頭，說不能如此。陶彩也急得臉通紅，嚷嚷著。「那怎能行啊？虧了婉兒姐姐，那可是要讓人戳脊梁骨的。」

薛婉與父母見說不過陶家人，也只得作罷。薛婉更是在心中感嘆，這陶家一家真是厚道老實人。

兩家人將錢分好，各自得了兩百文錢。

李氏塞了二十個錢給陶瑩，又塞了十個錢給陶彩，寵溺的對兩個丫頭笑說：「爹娘平日虧著妳們了，家裡什麼境況，妳們也曉得，也懂事。今日這錢是咱閨女自個兒掙的，應該得點零花錢。好好收著吧，以後想吃糖和蜜角子這類零嘴，也能去小貨棧買了。」

陳氏見李氏如此，感慨不已，也默默取出三十個錢，塞到薛婉的手裡。

幾人聊了半晌閒話，待最初的興奮過去，才發現薛敬不見了。

兩家人急急忙忙到處看，見他蹲在十多尺開外的地方，正盯著一個農夫面前擺的小竹籃子出神，這才放下心來。

四個大人們湊在一處收拾攤子。三個女娃一同走過去找薛敬，想去看看究竟是什麼東西，吸引這平日安靜乖順的小男娃看得眼睛都不眨。

走近了，終於知道薛敬為什麼蹲在那裡不動。

那農夫的竹籃子裡，是一隻通體黝黑的小黑狗。

小黑狗只比成年人手掌大一點，團成一個小黑球。墨般的皮毛油光水滑，睜著一雙濕漉漉、烏溜溜的黑圓眼睛，怯生生地望著面前圍著的幾個人，偶爾還會從喉間發出嗚嗚的小奶狗叫聲。

「敬哥兒，該回家去了。」薛婉摸了摸弟弟柔軟的髮頂。

薛敬的小身子站起來，仰頭望著自己的姐姐，與那小狗極為相似的烏溜溜大眼睛裡，露出極度渴望的眼神。

陶瑩和陶彩稀罕他稀罕得緊，根本見不得他那樣的眼神。想也沒想，陶瑩蹲下來，笑盈盈的柔聲詢問他。

「敬哥兒，喜歡這隻小狗崽嗎？」

薛敬抿著小嘴，用力點點頭。「喜歡。」

「瑩兒姐姐買給你，好不好？」

薛敬很想說好，可依然先轉頭望著自己的姐姐，似乎是在徵詢她的意見。

那農家漢子見幾人想買這小狗，趕忙說：「幾位真有眼光。我這狗子可是獵犬的崽。牠爹娘凶著呢。牠長大了，肯定也不賴。」說著，捏起那小狗的後頸，提著牠在幾人面前晃了晃，又道：「你們瞧瞧牠這骨頭多結實，四隻爪子也壯得很呢。」

小狗崽被他提在手裡，懸著肥嘟嘟的小身子嗷嗚直叫，四隻胖爪子上下胡亂蹬。

薛婉這才反應過來，趕緊攔著陶瑩。

「哪能要妳出錢啊！」又轉頭問那農家漢子。「大叔，你這小狗崽賣幾錢？」

農家漢子黝黑的臉上露出一瞬遲疑的神情，說：「五、五十文。」生怕幾人像之前的幾個主顧那樣，被高價嚇走，漢子又連忙解釋道：「貴是貴了些，可俺這狗的爹可是真正的獵犬，種好著呢。」

「五十文，那是真貴了。」陶彩吃驚地望著這隻小狗崽。他們村裡有人家養的土狗生了崽子的，頂多也就賣個二十五到三十文多點。這隻小狗是挺健壯，可是要賣到五十文，確實算貴的。

薛婉見那小狗全身上下都是黑色，只有耳朵尖和四隻爪子呈棕色，論品相和骨骼，在他們青山村裡，的確罕見。

薛婉沒穿越以前，她所在的工廠裡也有養狗，她時常會端一些肉菜去給那隻狗吃，也總聽那養狗的門衛說如何分辨狗的品相好壞。覺得這農夫開價賣到五十文，算是實誠的。這隻小奶狗長得這麼壯實，倒也值這個價錢。

薛敬一聽這麼貴，臉羞愧地發紅，忙搖頭，對幾個姐姐說：「太貴了。算了，我不要了。姐姐們，咱們走吧。」

陶瑩丁點也沒猶豫，從懷裡摸出剛才得來的所有銅錢，遞給薛婉。「我有二十文。婉兒拿去吧，湊著給敬哥兒買小狗。」

陶彩見姐姐如此，也乾脆的摸出剛得來的十個銅錢，往薛婉手裡塞。「婉兒姐姐拿去。我這兒也有十文錢呢，都湊給敬哥兒買小狗。」

薛婉心裡感動得一塌糊塗，心想這陶家兩丫頭真是大方，她們自己剛得來的錢，都還沒捂熱呢，就急著全拿出來給敬哥兒買狗。實在是大方的好姑娘，她怎麼能忍心要她們的錢？

遂笑呵呵的將兩人握著錢的手推回去。「瑩兒姐姐和彩兒妹妹快把錢收著吧。我身上錢夠的，怎麼好讓妳們兩個出錢啊？妳們的心意我替敬哥兒心領啦。」

又轉頭對那大叔說：「大叔，你這狗崽我要了。牠多大了呀？斷奶沒？」

農家漢一聽，總算將狗賣了出去，喜得眼睛都沒了。「哎哎！姑娘好眼光啊。這狗真的很壯實，我是撿最大的出來賣。若不是家裡真養不下，我可捨不得呢。滿月了，到今日正好三十日。」

薛婉點頭，乾脆的從懷裡掏出五十個錢，遞給那農家漢。

薛敬覺得姐姐好不容易賺些錢，卻拿出來給自己買小狗，很是過意不去。紅著臉、抿著嘴，心裡說不出是什麼滋味。

「姐姐，對不起，害妳為我破費了。妳不先去和爹娘說一聲再買嗎？」

薛婉搖頭。「不用啦。這麼好的小狗，可遇不可求呢。娘之前就同意要養隻狗的，咱買了回去，她定然不會說啥的。再說這是我自個兒的零用錢，沒花到家中的錢，爹娘不會生氣的。放心吧。」

農家漢子見薛婉付錢如此爽利，也樂得遇見這麼一個好買主，便將裝狗的竹籃子一起送給了她，還叮囑幾句養狗崽的小細節。

幾人買了小狗崽，一起往回走。薛敬一直臉通紅地埋著頭，買小狗幾乎花光姐姐帶的所有的錢，讓他很過意不去。

薛婉知道他是為花了她很多錢而內疚，便摟著他的小肩膀開導。

「弟弟，你要記住。錢賺了就是用來花的，花出去，你姐姐我才有新動力想法子賺錢呀！再說，錢花到有用的地方，那就不叫浪費。咱家住得偏，家裡就你一個男娃。你每日都要去縣裡讀書，陶叔和咱爹白日又總出去做活。兩家裡沒個男人兄弟的，都是婦女和女娃，萬一遇上賊人，這狗崽以後可是有看家護院的大用處呢！」

薛敬聞言，覺得姐姐說得有道理，便不再糾結，望著小狗崽嘿嘿笑。又想，今後等存夠五十文錢，一定要還給姐姐。

陶瑩走在一旁默默聽著，覺得薛婉這女娃想法真是與眾不同，但又有種說不出的磊落和大氣。

陶彩憋不住心事，問道：「婉兒姐姐，妳怎麼也不講價啊？說不定能便宜幾文錢呢。」

薛婉愣了下，剛才她生怕陶瑩和陶彩搶著貼錢，所以急急忙忙就付了錢，還真沒想起要講價，於是皺了下鼻子，苦笑道：「我也看這小狗好呢，一著急就給忘啦。」

陶彩捂嘴笑，說她粗心大意的一點兒也不像姑娘。不過……當時薛婉付錢太急，她也沒來得及想起要攔。

薛敬一邊走一邊小心翼翼地抱著竹籃子，生怕把裡面的小狗給顛得嚇到。

陶瑩和陶彩見他這樣，都笑說是自認識以來，第一次見薛敬這麼高興。

幾人回到爹娘處，薛南見這狗的確好，問多少錢。薛敬剛想張口，薛婉忙搶著說是四十文。陳氏聽當家的也說這狗在青山村找不出第二隻，便覺得價錢合適。從錢袋裡取出四十文錢，塞還給薛婉。又笑著讓孩子們坐上牛車，兩家人高興地返家去。

薛敬眨巴著亮閃閃的大眼睛，望了眼對自己使眼色的薛婉，尋思片刻，似乎對她改口的價錢有所頓悟。

自從家裡買回那隻小狗，薛敬對牠寵得幾乎上了天。因為小狗最開始是薛婉掏錢買給他的，所以他就請薛婉給小狗取名字。

薛婉覺得牠全身黑乎乎，不如就叫大黑，既通俗又有喜感。

薛敬摸著毛茸茸的小狗頭，笑得眼睛彎成了月牙，說名字取得普通，好養活。

薛婉看看蹲在狗窩前的自家小弟，再看看那隻胖嘟嘟的小奶狗，見他們一大一小兩個糰子經常大眼瞪小眼，被萌得心肝直抖。

可是看著看著，問題就來了。

自家的小弟，這個子也太矮了些，與隔壁同齡的女娃陶彩相比，還差了一寸有餘。薛婉對此愁得不行，但光發愁不想辦法，那不是薛婉的作風，她一向都是個看到問題就會想要解決的行動派。

等薛敬出發去縣裡上學，薛婉問陳氏。「娘，咱村裡誰家有賣牛乳或羊乳嗎？」

陳氏疑惑地望著她。「牛乳？牛乳這東西，咱村裡沒得賣。平日誰喝那個啊，腥氣得很。羊乳倒是有些人家有。婉兒問這個做什麼？」

薛婉一邊洗碗，一邊對陳氏說：「娘，妳不覺得小弟太矮了嗎？看那小個子，都不如彩兒妹妹高呢。」

陳氏眉頭一展，笑了。「妳說這個啊。婉兒莫擔心，妳和敬哥兒都隨姥爺和我了。咱陳家人，都是晚長個子。」

陳氏用手又比了比自己。「妳看娘，不也挺高的嗎？娘在妳這歲數時還沒妳高。都是後來上了十五歲，個頭一下子就竄上來的。」

長得晚？確定是長得晚，而不是營養不良導致發育不好嗎？

之前薛婉剛穿越那陣子，發現自己和薛敬臉色都是白中帶著蠟黃，再想想在老宅那一日兩頓都難得見到葷腥的飯菜，怎麼可能長得好？

如今他們與老宅分家單過後，陳氏又抱了二十隻小雞。從老宅得的十隻雞裡，有六隻是母雞。每日都能撿到兩、三枚雞蛋，陳氏便每日都給兩個孩子一人吃一個雞蛋。現在他們的臉色已明顯好轉，想來分明就是以前吃得不好，才長不好的。

便又對陳氏說：「說是如此說，可若是在飲食上能跟得上，說不定可以長得快些呢？咱們可不能虧待了小弟，咱們家就這一個男娃呢！」

第十五章

陳氏覺得女兒的話也沒錯，想了想，道：「也對。不能虧待敬哥兒，也不能虧待妳呀，咱家也就妳一個女娃。我聽說村頭的劉家應該能有羊乳，只是……」

陳氏說到此處，話就停了。薛婉見她欲言又止，忙追問道：「只是啥啊？娘有啥顧慮嗎？」

陳氏抿著嘴，支吾兩聲，還是說了。「只是這劉家，劉家的閨女劉小杏是之前錢府趕出來的通房丫鬟，名聲不好。娘擔心……」

陳氏想說，她擔心自家去她家買羊乳，有了往來，薛婉的名聲會被那劉小杏給拖累。雖然她的話沒說完，可薛婉仍是聽出來陳氏的擔憂。

薛婉對這種事十分無語，卻也無可奈何，問：「咱家要和她家攀親戚？」

陳氏立刻回說：「怎麼可能？」

「那劉小杏的為人怎麼樣？」薛婉又問：「我是說在她去當丫鬟之前。」

陳氏回憶片刻，才說：「人挺不錯的，機靈得很，明事知理，長得也好。」

薛婉想了想，再問：「那她爹娘呢？人品好嗎？」

「她娘死得早，她爹也挺老實。之前她爹在城裡給人修房子跌傷了腿，再也不能幹重活。」說到這裡，陳氏頓了頓，露出惋惜的神色。「劉小杏這女娃也是命苦。沒去錢府前，幫著她爹張羅家裡。她爹出事後，劉小杏為了給她爹治腿，才自願去錢府做丫鬟的。誰想到……」

想起幾年前的事，陳氏最終沈默下來，臉上牴觸的神情也漸漸消退了。

薛婉難以體會陳氏內心的想法。那種同村長輩憐惜小輩，卻又糾結於小輩的名聲而不願多加往來的細膩而矛盾的情感。她覺得不可思議，同時又覺得難以理解。殊不知陳氏雖然是在農家長大，但因從小受她秀才爹的影響和教誨，在禮教方面，比其他大字不識的農婦所受的拘束更多些。

薛婉的心思再簡單不過，便也化作明快的問題問出來，弄得陳氏哭笑不得。

「那這麼說，劉家的人屬於根好裡好。那劉小杏不但人很好，孝順懂事，還是個受害者啊！」薛婉驚了，睜大眼睛望著自己的親媽，憨憨的問：「人家都這麼可憐了，娘怎麼還嫌棄她啊？」

陳氏無語地望著自己的閨女，有點一言難盡。「……娘、娘不是嫌棄……這、妳、妳還未議親……名聲……」

這話該如何說……一時半會兒的，陳氏被自己的傻閨女難住了。

薛婉歪頭不解。「買個羊乳而已，和名聲有啥關係？」

「……雖說是買羊乳……可、可總是要有接觸的不是嗎？那到時候……」

薛婉笑了，又直接無比的補了一刀，坦然表態。

「等到了我議親，那些明事理的人家就不會拿這種無聊事來說事。若非得揪著這些小事來找麻煩，這樣的人家可見就是挑刺的。我就算嫁過去了，也不一定過得好。既然能預見過不好，那我又為啥非嫁他家不可？萬一我受了委屈，難道家裡人不會跟著一起委屈？嫁人這種事，看著是一個人嫁過去，其實全家人的心也都栓在一起跟過去了啊。總是會為我擔心的，娘妳說是不？」

她在這個時空這些日子，透過對村裡人的觀察和翻找原身主人原本的記憶，發現這裡雖然封建，但也不至於像中國的明清時期那樣，壓抑女性嚴重到讓人抓狂的地步。

在意名聲的人家的確不少，可講事明理的通達人家也很多。總體來說，對女性的壓抑和限制還在可以理喻和容忍的範圍之內。至少比上不足，比下有餘。尤其是鄉下，比縣城裡的大門大戶更要鬆快多了。

反正她是農家女，自然也是嫁給農家，那大門大戶的規矩，便與她無關了。

聽完薛婉的話，這回換成陳氏驚了。她知道女兒一直都是挺有想法的女娃，但是能如此大膽不害羞的討論這些婚嫁事，還說得坦蕩蕩的，她卻是頭一回見到。她說的話，雖說有些張狂，但往細處想，又讓人挑不出錯來。

陳氏被她說得接不上話，正猶豫著，卻見她飛快地跑進灶間。

「娘，妳在家等我呀。我去給弟弟買了羊乳就回來！」薛婉生怕陳氏反應過來，又阻攔自己。於是飛也似的拎起家中的小竹籃，抱起灶間的陶罐子，腳下生風，溜了。

「妳、妳跑慢點啊！小心摔著！」陳氏猶自擔心，提聲叮囑道。

「哎！曉得啦～～娘等我呀～～」眨眼間，薛婉就如輕盈的小蝴蝶一般飛遠了。

唉……不管了。婉兒自上次大難之後，奇怪的性子和俐落通透的想法漸漸顯露出來，尤其分家後，更顯活潑，也讓她終於放了心。以後，她是不用擔心女兒會被人隨意欺負了。

陳氏舒了口氣，望著薛婉輕盈奔跑在鄉間小路上的背影，露出寬慰的笑容來。

薛婉在腦海裡搜尋了一番，沒找到關於劉小杏家實際住在哪裡的記憶。於是走到村中時，問了幾個村人，村人一聽，便馬上給她指了路。

薛婉心裡還挺好奇，怎麼好像遇見個村人，就能這麼容易得知劉家在哪裡？難道劉家在青山村也是家喻戶曉嗎？

薛婉順著鄉間筆直的大路走到村頭，在東邊一條羊腸小徑上拐彎，又走過四戶農家的小院子。聽到幾聲「咩咩」的羊叫聲，順著那叫聲找過去，很快就到了劉家。

與自己想像的破落小院不同，站在一人多高的籬笆牆外，薛婉朝開著的木門往院子裡瞧，見那院子被打理得十分整潔，堂屋和三間正屋都是用青磚建的。

瞧這屋子的瓦片與青磚，都像是近來新修的。薛婉結合之前陳氏說的劉家當年的困境，再看如今他家的條件，暗自評估一番，覺得這劉家父女二人還挺能幹的。

院中南邊有一口井，院前還開出了兩塊菜地。

黛瓦屋簷下擺了三、四個大竹筐。一個約莫十七、八歲，梳著婦人髻的年輕女子蹲在院裡，正在擺弄筐子裡曬的紅薯條和嫩綠的草料，一身半舊藍底碎花的棉布裙，也遮掩不了她姣好的身段和俏麗的容貌。

薛婉在木門上輕輕敲了幾聲，揚聲問：「小杏姐姐在家不？」

那少女聞聲，抬起低垂的眼瞼，站起身看過來，一雙圓眼睛顯得大而有神。

「在呀。誰啊?來找我啥事？」

薛婉笑嘻嘻地站在門口，大方道：「妳是小杏姐姐嗎？我是薛婉，聽說妳家有羊乳賣，想來買點。」

劉小杏臉上顯出幾分茫然的神色，因為平日來她家的不是大叔、大娘，就是一些村裡的老人，連新嫁來村裡的媳婦都少見，就更別提像薛婉這樣即將到議親年紀的妙齡少女了。

遲疑片刻，才走到門口，眼神中透出好奇與隱隱的不安。「妳是……薛南大叔家裡的婉丫頭？」

「是。」薛婉見她臉色有些自卑，忙半開玩笑道：「別看我年紀小，就不賣我羊乳哦！我有帶錢來的。」

劉小杏以前不認識薛婉，只在有些人家的喜宴酒席上見過她一、兩面，也曾聽聞她性子悶，不愛理人。未料今日兩人頭一次接觸，這小丫頭居然還會與自己開玩笑。

更令自己驚訝的是，自從她滑了胎被錢府趕出來回家以後，不知道受盡多少人的白眼，可她卻並未在這個小丫頭眼裡，看到一分一毫的嫌棄。

只見她一雙還未長開的鳳眼裡，閃著明亮又狡黠的光，分外靈動。

劉小杏忽的心頭一鬆，噗哧笑出來，笑著對她招手。「怎麼會呢？婉兒妹妹，快進來。」

薛婉依言進了院門。

劉小杏見她行止大方乾脆，便也不再扭捏介懷，問她。「妳要買羊乳？給誰喝呢？妳娘又有小寶寶了嗎？」

薛婉不明所以，疑惑地望著她。

劉小杏與她解釋。「來我家買羊乳的，多是給襁褓裡的小娃買的。有些婦女產子後，身子太虛，奶水不足，那家的男人或是老人心疼孩子，不忍心只給孩子喝米糊糊，便會到我家來買羊乳餵給小娃們喝。」

薛婉聞言，搖頭否認。「不是。是我弟弟個子太矮，我買來給他補身子的。希望他能快快長高。」

劉小杏瞇起眼睛，陷入回憶。「啊，我記得妳弟弟叫薛敬對吧？那個四歲就能背詩的小男娃？」

「對。他眼下九歲了，可是才到我的下巴呢。」薛婉說著，用手比劃了一下，神色間很是擔憂。

劉小杏畢竟在大戶做過丫鬟，對薛婉想買羊乳給弟弟喝的事，不覺得奇怪。只在心中感嘆，這丫頭雖是鄉間長大的，想法卻能比得上縣城裡的人家，捨得給家裡的弟弟買羊乳補身子。許多鄉里的人，可捨不得花這個錢。

又問她。「妳打算買多少？只買一次，還是以後會常來？」

薛婉摸了摸下巴，思索後問道：「妳家羊乳怎麼賣的？」

「二兩一賣，收三文錢。四兩就是六文錢。」

薛婉的心抖了兩下，算算之前兩次賺的零花錢，還有陳氏後來塞給她的，總共也只能買個七、八次的。

若是天天給弟弟買，她估計以她自己和家裡目前的經濟狀況，有些負擔不起。但是每隔兩、三日，給弟弟買個四、六兩的，應該不成問題。便說：「我打算一直買。約莫隔個兩、三日買一次，每次買六兩吧。」

說完，又擔心劉小杏家沒那麼多羊乳賣給自己。「不過，小杏姐姐，妳家的羊乳夠嗎？」

劉小杏笑咪咪的將她引到自家的羊圈旁，指了指羊圈裡正在吃草的山羊。「妳說，夠不夠呢？」

薛婉正在計算銀錢，冷不防看見眼前十多隻母山羊，那場面很有些壯觀，吃驚道：「這、這都是小杏姐姐家養的？」

劉小杏高興的點頭。「對啊。我家地少，從錢府出來後，我與我爹商量著買了小羊羔，還抱了不少小雞和小鵝，眼下就靠養羊賣羊乳，養雞鵝下蛋，補貼家裡養活我自己和我爹呢。」

原來劉家是個飼養大戶，羊乳就是他家的日常進項之一。薛婉還聽劉小杏說，她原先在縣城裡時，因為主家經常讓她去集市裡採買，故而認識了不少商戶。她家的羊乳有時候多出來，在村子裡賣不掉，還會拉到縣城裡賣。有幾家商戶與她相熟後，還會專門從她這裡收羊乳。

「我啊，以後想再嫁人很難。若是不想法子掙錢養活自個兒，那今後如何能活得下去啊。」劉小杏苦笑道。

薛婉不忍心見她露出自卑的神色，在她看來，劉小杏分明就是個很獨立很自強的命苦女孩。

但以兩人剛認識的關係，又不能深勸，便拐著彎地問她，試圖開導。「小杏姐姐，妳覺得是妳以前在錢府過得開心，還是眼下在自己家裡頭過得開心？」

劉小杏沒想到她忽然問自己這個問題，卻還是認真想過以後，才回答她。「說實話，當然是在家裡開心了。不用給人低頭屈膝，也不用成日被主家呼來喝去，更不用擔心少爺硬要對我……」說到此處，想起薛婉還是個未嫁的小姑娘，又改了口。「擔心事情做不好會受罰。」

薛婉聽了，便說「那就是了」四個字後，不再多言，只笑望著她。

劉小杏看著這個小姑娘眼裡的盈盈笑意，忽然覺得她是在安慰自己，可她分明沒說什麼啊……

劉小杏心裡稀奇得厲害，心想薛婉才十四歲還不到十五歲，問話和說話都靈透而簡潔，直點核心。明明沒說什麼，卻能讓人回味很久。

當下心裡高興，收了薛婉九文錢，卻給她打了八兩的羊乳。

薛婉喜孜孜地拎著裝滿羊乳的小陶罐，出了劉家的大門。才到門口，卻見一個眼生的大叔一瘸一拐地抱著一大捆青草往院裡走。

薛婉猜他就是劉小杏的爹，於是禮貌的和他問好。「劉大叔好。」

劉大年愣了一下，黝黑的臉上閃過一抹顯而易見的驚訝，才說：「哎！婉姐兒啊。來、來買羊乳嗎？」

「嗯！買羊乳給我弟弟喝。過兩日我再來買。」薛婉心裡讚嘆著村人的好記憶，與他揮揮手，又與劉小杏道了別，笑著出了劉家的大門。

薛婉走後，劉小杏接過劉大年手裡的青草時，偶然抬頭一瞥，見他的眼睛居然紅了。猜他也沒想到自己家會有薛婉這個年紀的丫頭跑來，還與自己相談甚歡，因而心裡甚為激動才紅了眼睛。

父女二人目光接觸，心中皆是感慨萬千。

劉小杏回家兩年了，沒哪個女娃願意與她來往，也可能是被家裡人拘著不讓來。她正是青春年華，卻要忍受漫長的孤寂。沒有心疼自己的丈夫，更沒有年齡相仿的朋友，並且以後也不會有。這種無盡的黑暗，讓她時常在夜深人靜時徹夜難眠。

然而，歲月緩緩流淌，預料之外的喜悅卻悄然而至。怎能不叫人再生出希冀的盼頭？

「杏兒啊，晚上咱們宰隻雞吃吧。」劉大年用力抹了一把臉，高興之情溢於言表。

劉小杏眼睛紅了，用力點點頭。「好。聽爹的！」

第十六章

不同於劉家父女的興奮，薛婉走在散發泥土味的小道上，心思又開始活絡了。缺錢了，她又有了新動力。薛婉開始鄙視自己和自省。以前工作時有壓力，她就會很勤奮。現在過著慢悠悠的農家小日子，暫時衣食無憂，她就懶了，變得和蠟燭似的，點了才亮。

得想辦法賺錢給弟弟買羊乳喝呀……

做桂花糕這種事，還是算了吧。雖然這陣子她也漸漸比較習慣柴火灶了，但她做出來的那個味道，自家吃還勉強，要像陶瑩那樣做得美味，實在太考驗她了。她也不好老是沾著出點子的光，去蹭陶瑩的手藝和她一起分錢，那也太厚臉皮了。

還是幹老本行吧！接下去該做什麼好呢？

自己身在農家，最方便的就是設計和改進農具了。再說農具這東西用的人也多，代表客戶也多嘛！不過以前她的確看過一些關於古代農具機械的書，可是眼下沒個參照物，她一時也想不起來那些結構的細節。

不如回去問問爹娘農耕的事。等親眼見到農忙勞作，也許她就能有新靈感了。

對，就這麼辦！打定主意，薛婉加快腳步往家走去。

薛婉回到家時，薛南也才剛到家不久。

薛婉跑到院子西側的茅草棚子裡轉了一圈，見家裡的農具並不多。只有耒耜、鋤頭、耙、糖、鐮刀、短、槤枷、木杴這些。大型一點的，除了一個自家新製的曲轅犁，再沒別的了。

這些都是很常見的農具，構造一目了然，能夠改進的程度並不大。

薛婉覺得有些納悶，於是跑到院子裡，問正在打水洗臉的薛南。「爹，咱家的農具就草棚子裡那些嗎？再大點的，沒有嗎？」

「再大些的？」薛南用搭在肩上的棉布擦乾淨臉上和手上的水，想了想，說：「妳是問碌碡和礱子吧？那都在老宅呢。妳奶奶說咱家的地不多，要用的時候，去老宅取就行。」

薛婉撇嘴。當初分家時說好要每家都給一套的，結果真的分家後，要購置大的農具太費錢，那摳門的老太太就找理由賴帳了。

自己雖不是斤斤計較的人，但也不是沒脾氣的。以後自家若是去老宅借這些，奶奶肯定要擺臉色找藉口推託的。有求於人的滋味並不好受，那該怎麼辦呢？

薛婉不願自己被負面情緒左右，那樣既浪費精力又沒任何意義。於是腦子飛速轉動起來。不一會兒，心裡便有了主意。

如果自己家也能做出自家有，而老宅沒有的農具器械。如此雙方都對對方有所求，這樣才公平。

既然自己一時也無法憑空想像出什麼新的農具器械，不如就按照農事生產的順序來推敲。推到哪個步驟，自然就會用到相應的農具。到時再問爹娘，他們也能有個具體的回答。

心下打定主意，薛婉便問薛南。「爹，咱家今年會種春小麥嗎？」

「當然要種了，不種吃什麼。」

「那啥時候種啊？」

「就這個月，等下旬就要播種了。」薛南去灶間舀了碗熱水，捧著陶碗蹲在堂屋的門前，一邊哈著熱氣喝水一邊休息。三月的天偶爾還會有倒春寒，今日就比昨日冷了不少，喝點熱水才感覺渾身舒坦。

聽到「播種」兩個字，薛婉腦中忽的閃過一個模糊的印象。她記得播種是有專用農具的，叫啥來著？薛婉在原主的記憶中只能見到那個播種器械的模糊樣子，但是叫什麼名堂卻是沒翻找到。薛婉一時之間也想不起來。

以往沒分家，老宅的壯丁夠，所以從不讓女娃們下田幹活。原主似乎對那些器械也不太上心，所以薛婉腦中的記憶就十分模糊。

於是連忙問薛南。「爹，咱家地少。播種就不用農具了吧？要我和娘一起去下地不？」

薛南呼嚕嚕喝完陶碗裡的熱水，舒服地嘆了一聲，笑她。「傻丫頭。地少也有六畝地啊。既然老宅有耬車，等他們用完我再去借就行。能省力些，當然是省力些好了。有了耬車，再找妳陶叔家借來耕牛，我一個人用不了多久就夠了。不用妳娘和妳幫忙。」

薛婉在心裡扠腰仰天狂笑三聲。她總算是把那東西叫啥名字給套出來了！原來播種的那個農具機械叫「耬車」。

可惜原主對耬車的印象太過於模糊，她看不清。也不知道這時空用的耬車，是不是自己以前曾在書上看見過的三腳耬？

明日得想個藉口，回老宅去瞧瞧那耬車到底是什麼樣的才行。

至於今晚，自己可以先好好回憶一下，穿越以前在書上看到過的三腳耬車的具體構造以及功能，順帶再思考一下看能不能將其改進得更好。

說幹就幹，薛婉立刻提著裙子奔回西屋，找出炭筆和紙張，開始寫寫畫畫起來。

見女兒風一樣的從身旁經過，薛南好奇了。「這丫頭，怎麼今兒風風火火的。」

陳氏將灶頭燒熱，準備煮飯做菜，笑瞥他一眼。「這你還看不出來？估計又想到什麼賺錢法子呢。」

薛南嘿嘿一樂，起身將空碗放到桌上，走到灶肚後幫陳氏燒火，根本沒有讓薛婉過來幫忙做飯的意思，反而是自己親自動手，與陳氏兩人忙活起來。「那敢情好，再神叨也沒事。我閨女能耐，老子也跟著沾光，高興著呢！」

陳氏斜睨他一眼。「快住嘴吧你。你這當爹的，也好意思指望女兒給你掙錢？臉皮真夠厚的。」

薛南不服氣。「嘿！我怎麼就不能指望她了？別人家的閨女沒法指望，我薛南的閨女就可以！我得意著咧。」一想了想，又咧嘴樂。「哎？婉兒娘，妳說是不是上次婉兒掙回那十兩銀子，給她開竅了？不然怎麼分家以後，她這麼用狠勁地琢磨掙錢呢？」

陳氏笑斥他。「拉倒吧。婉兒那是覺得敬兒吃得不夠好，所以個子長不高。她惦記著給敬兒天天買羊乳補身子呢。你瞅瞅你這當爹的，對兒子還沒女兒對他上心。」

薛南聽了也不惱，只顧著樂。「我怎麼不上心了？我女兒要折騰我就陪她折騰，讓她可勁折騰！她動腦子，我出力氣。父女齊心一起賺銀子，難道不比我出去賭錢好？」

上次薛婉搗鼓出來的曲轅犁，幫自家淨賺了三兩多的銀子。雖說後來只有二兩餘的銀子進了家中的帳，可是那也很多了，能頂上家中小半年的花銷。

想起之前嘗到的甜頭，薛南心裡就痛快無比。

若是由著女兒胡鬧能再掙到這些銀子，那可比賭博來錢穩當多了。

所以對於女兒不幫忙生火做飯一事，薛南完全不介意。

女娃賢慧家務做得好固然重要，但是能給家裡掙來銀子的女娃可不是每家都有。

陳氏聽著不可靠的丈夫這般說，也繃不住臉，跟著一起笑出來了。夫妻二人喜孜孜的一起做飯，竟也溫馨甜蜜。

薛南是愛財，稀罕女兒可以掙錢；陳氏則是寵溺自家女兒。雖然兩人的出發點不同，但好歹殊途同歸，夫妻倆不知不覺的將縱容薛婉不勤家務也不要緊的想法給落實了。

當夕陽將天際染得瑰麗，西邊的雲彩泛起層層疊疊的橙金，一頓飯也做好了。

陳氏端了一小碗泡著大骨湯的米飯出去給大黑，牠隨即伏下圓滾滾的小身體，將毛茸茸的小狗頭埋進碗裡呼哧呼哧猛吃起來。

薛敬恰好從縣裡下學回來，能趕上一家人一同吃飯。大黑在院裡歡騰的嗷嗚直叫，搖著肥短的毛尾巴，高興地圍著他團團轉。

陳氏本想去喚薛婉來堂屋吃完飯再搗鼓她的東西，薛南反而攔了一下。「先別急，我去看看。」

掀起門簾一角，正瞧見薛婉一邊撓頭，一邊趴在桌上奮筆疾書。她原本梳得光亮的烏黑長髮，此刻正毛刺刺的東翹一撮、西翹一撮，全然不顧妙齡少女該有的形象。

薛南額角劃過一滴汗，顫著粗糙的大手悄然放下門簾。算、算了……動腦子想必也很費力，沒形象便沒形象吧。等閨女出來後，再讓她梳梳頭髮就行。木匠鋪子的掌櫃查帳時，也是不讓任何人打擾，說是思路斷了不好接，婉兒說不定也是這般呢。

至於晚飯，便等她自己餓了出來再說吧……先給她將飯菜放到灶裡熱著去。

薛南回到堂屋，大手一揮，對陳氏和兒子說：「咱們先吃，別打擾婉兒，她忙著呢。」

陳氏抿了抿嘴，起身去碗櫥裡取來一個大陶碗，將給薛婉的飯菜分裝進去，端到灶頭上用小火煨著後，才回到桌邊繼續吃飯。

薛敬沒多問，大眼睛卻一閃一閃的，流露出好奇的光芒。

幾人正吃著，忽見大伯家的二小子薛夏生從竹籬笆牆外跑進來。大黑見他面生，對著他齜牙使勁汪汪叫。

陳氏對大黑輕聲吩咐一句，大黑立刻安靜下來，乖乖的回到自己的狗窩裡趴下，把兩隻肥嘟嘟的前爪墊在下巴下，睜著濕漉漉的黑圓小狗眼打量來人。

薛南笑問他。「夏生，怎麼這時候來了？吃過飯了沒？」

「吃過了。」雖然這麼說，但他的眼睛仍然直愣愣地盯著堂屋桌上的包穀餑餑。

薛南拿起一個，遞給他。「來，吃吧。來我家啥事啊？找敬哥兒玩嗎？」

薛夏生搖搖頭，黑紅的臉上露出喜意，接過餑餑一邊啃一邊說：「奶奶叫我來與二嬸說一聲，叫妳明日上晌去老宅一趟。張順家來給小姑驗親。」

陳氏臉沈了一瞬，點點頭。「知道了。明早吃了飯我就過去。」

薛敬停下筷子，抬起小臉，擔憂地望著陳氏。

薛婉從西屋出來時，薛南、陳氏和薛敬剛用完晚飯，薛南出去散步消食了，陳氏與薛敬正在收拾碗筷。

見她頂著一頭毛刺刺的亂髮，陳氏頓時笑起來。「哎喲！我的閨女哎！」趕忙擦乾淨手，走過去將她拉到木凳上坐下，又去取來木梳給她重新梳頭。一邊梳一邊嘮叨。「妳看看妳，哪家女娃像妳這般折騰自個兒的？」

薛婉的工圖已初步完成，心裡沒了心事，也不在意陳氏的嘮叨，甚至覺得她這樣念叨自己顯得很親近，心頭一暖，於是呵呵笑道：「一時太過投入，遇見疑難之處，難免摳頭抓腦。嘿嘿～～」

這其實是她穿越以前的習慣。每次製作工圖時，碰到一些比較費腦力的難點，或是思路滯澀時，她就會不自覺地撓頭。那時候頭髮短，撓完隨意扒抓幾下，髮型就整理完了。不像在這裡，男女都必須蓄著長髮，還不能隨意修剪，才會出現這種情形。

薛敬見娘幫姐姐梳頭髮空不出手，便主動拿起一個小矮凳，站到灶臺邊，撐著身子揭開木鍋蓋取出溫著的飯食，端來擺到薛婉面前的木桌上。「姐姐，快吃。飯菜都是熱的。」

薛婉拍拍他的肩，笑說：「謝謝小弟。」

倆。

薛敬抿嘴，搖了搖頭。捧起一本書，安靜地坐在桌旁，一邊看書一邊陪著母女倆。

此時，薛婉忽然想起自己買的羊乳，便讓薛敬去將陶罐抱來，將其中的羊乳倒到碗裡趕緊喝掉。雖然現在天不熱，但是不加防腐劑的羊乳，仍是得越快喝完越好。

羊乳被倒出來後，薛敬見到有那麼一大碗。於是取來另一個碗，將其中一半分倒出去後推到薛婉面前。「姐姐也喝。咱們倆一起喝。」

薛敬又問陳氏喝不喝，陳氏直笑兩個孩子懂事，卻搖搖頭笑道：「娘可不喝，娘自幼就喝不慣羊乳。你們也別給你們爹留，他一喝羊乳就拉肚子。你們倆正長身體呢，趕緊喝吧。」

薛婉見弟弟這麼貼心，有好東西還記得和自己分享，真是沒白疼他。若是拒絕他的好意，生怕他喝得也不安心，於是也沒多做推辭，端著碗喝起來。

薛敬喝到還剩一點時，發現大黑搖著粗短的毛茸茸尾巴，在他腳邊不停地繞來蹭去，饞得兩隻小狗眼精光閃閃，還發出「嗚嗚」的可憐叫聲。薛敬看得不忍心，便將剩下的一點羊乳倒入大黑的專用水碗裡給牠喝。

薛婉見此，也將自己碗裡剩的羊乳倒給大黑喝。

大黑高興得直搖尾巴，埋頭到狗碗裡喝得發出「吧嗒吧嗒」的聲響。再抬頭時，毛乎乎的狗嘴巴周圍沾了白白的一圈羊奶，再伸出小舌頭一點一點舔了個乾乾淨淨。那饞樣看得陳氏、薛婉和薛敬三人哈哈直笑。

等薛婉收拾裝羊奶的空碗時，隨意瞄了一眼薛敬手中的書，發現他正在看的居然是《論語》。

薛婉很是吃驚，問他。「小弟，你怎麼已經開始讀《論語》了？我記得前兩月春生哥還有夏生弟弟還在學《大學》啊。你不是與他們一同念書的嗎？《大學》學完了？」

陳氏聞言，也睜大眼睛望著兒子，臉上露出驚喜神色。

薛敬臉紅了紅，垂著長長的眼睫。「先生說我記性好，念得快。讓我可以提前學《論語》，有不會的就去單獨問他。」

哈！小弟雖然個子小、性子軟，但卻是個資優生啊！薛婉為此興奮不已。說不定，她今後能有個秀才弟弟呢！

開心地扒了兩口飯，薛婉忽然想起來剛才好像聽見有外人來過家裡，便問：「娘，方才家中是不是來人了？」

陳氏眸光一暗，點頭。「嗯，夏生來了。叫我明兒上晌去幫妳小姑驗親。」

薛婉頓了一下，瞇起眼睛笑。「娘，明兒去老宅，若是奶奶說了什麼難聽話，妳別往心裡去啊。就當一陣風，颳過就算。」

陳氏笑著輕點她的額頭。「知道了，放心吧。這麼多年我都忍過來了，還會在乎這麼點時間嗎？妳也太小看娘了。」

第十七章

翌日，陳氏早早起來用過早飯，又將薛敬送出了門，便自己收整一番，尋了件絳紫色約莫九成新的褙子出來，內裡配上雪青色長裙穿戴齊整，頭上則插了根桃木簪。

平日陳氏在家都只穿著幹活時的舊衣，如今日這般換了身衣裳，登時令薛婉眼睛一亮。

「娘，妳這麼穿真好看。往後都這麼穿唄。」薛婉在記憶裡搜尋一番，得知這套衣裙是前年她爹在外面接私活賺了錢後，留下一點沒交予孫氏，偷偷買給陳氏的。

「那怎麼行？平常哪捨得這麼穿，還要不要幹活了。這不是今日是妳小姑的好日子嗎？不然我也不捨得穿出來。」

薛婉笑說：「那等我以後賺了錢，再給娘買新衣，也給爹和弟弟買。」

「有這份孝心就行了。若真賺錢，也得存著給妳弟弟讀書，給妳自己攢嫁妝。」

母女倆有說有笑的回了老宅。

薛春生和薛夏生與薛敬一同去縣裡上學了。而張氏在掃院子，孫氏正在雞舍那邊餵雞。見到兩人，張氏笑著將他們迎進院子。

陳氏微笑著與孫氏和張氏打了聲招呼，薛婉也笑著喊：「奶奶早。大伯娘早。」

接著，二人又與在堂屋裡坐著的薛老頭和大伯薛東打了招呼。薛蓮得知今日男方要來家裡驗親，便一直待在東屋裡不出來，大伯家的三丫桃兒在陪著她。

孫氏睨了一眼陳氏的衣裳，臭著臉，拿著竹筷子使勁搗雞食盆裡的碎葉子和麥麩子，一邊還對著雞舍裡的一隻花母雞指桑罵槐。「沒眼力見的東西，又不是看妳，毛擦得那麼亮，瞎顯擺什麼？成天光知道撲稜翅膀糟踐東西，不好好待在窩裡下蛋！」

薛婉看見她的眼神，再聽她話裡的意思，知道她在暗諷陳氏。剛開始她沒弄明白孫氏不滿陳氏穿得好是出於什麼心理。今天對老薛家來說算是個大日子，兒媳婦穿的得體是給她長臉的事，她為什麼要生氣？再扭頭看張氏穿得一身湖綠色的長裙，也很光鮮亮麗，孫氏為什麼不諷刺她，而只針對陳氏？

後來薛婉才反應過來，一個人若是不喜歡你，無論你做什麼她都會挑刺、看你不順眼。既然如此，那理她幹麼？直接當空氣就行了。

「娘，妳瞧，院裡的梨花開了，好美。」薛婉見陳氏沈著臉不開懷，忙拉了一下她的袖子，指著院子東側的一棵梨樹。「我記得之前讀過一首寫到梨花的詩。我背給妳聽好不好？」

薛婉一提，陳氏的臉上登時有了幾分自豪的神采。女兒不但能習文認字，還會念詩，這在青山村可不多見，於是笑道：「好，念吧。也念給妳奶奶和大伯娘聽聽。」

不一會兒，少女清亮脆嫩的嗓音，在小院子裡響起。「風光遲舞出青蘋，蘭條翠鳥鳴發春。洛陽梨花落如雪，河邊細草細如茵……」

孫氏見陳氏與薛婉兩人聽見自己諷刺她們卻毫無反應，薛婉居然還念上詩了，心裡氣得不行。原先一同住著時，只要自己說幾句難聽的，陳氏就會愁眉苦臉，薛婉也會悶著頭，羞得憋紅了臉。哪知今日自己再使這招，竟完全不管用了。

孫氏沒能讓母女二人心裡不舒坦，反倒把自己給氣得直翻白眼。

薛婉的詩念到一半，張氏恰好見到村裡的主道上趕來一輛牛車。遙遙望見牛車上坐著五、六個人，車上擺了一些用紅紙包的東西，還有個年紀輕輕的小夥子坐在前頭趕車。

張氏忙扭頭對孫氏說：「娘，張順家的來了。」

孫氏再顧不得生氣，趕緊放下雞食盆，拍乾淨手，喚了一大家子人都出來迎接。

牛車噠噠跑到近前，到了院門口停下。車上坐著的張家幾人依次下來，與薛老頭、孫氏幾人一陣寒暄。看歲數以及聽大家談話，薛婉知道來的人是張順的爹娘，還有他的大嫂和他表姐；另外還有一個瞧著約莫十五、六歲，穿海棠紅色長裙的少女，應該是張順的么妹。

薛婉站在陳氏身後，新奇地看著一大院子的人互相大聲打招呼說笑。

忽的，站在其中的一位寬額頭、細眼的長臉大娘看向薛婉。薛婉聽孫氏喚她張順娘，便知她是薛蓮未來的婆婆。

張順娘笑盈盈地望著薛婉，眼中露出好奇，問身旁的孫氏。「哎呀，這小丫頭長得怪機靈的。是妳家二郎家的大丫吧？」

她一開口，張家另幾人的視線都不約而同地落在她臉上，而且還閃著興致勃勃的光彩。

薛婉頓時有種自己被當成稀有動物圍觀的錯覺，心裡有些發虛。怎麼了這是？他們以前應該沒見過吧？為什麼都這樣興沖沖地盯著自己瞧？

孫氏的臉當即沈了一瞬間，很快又恢復笑臉，不鹹不淡地應了張順娘一聲。於是，圍觀薛婉的幾人的眼睛更閃亮了。

張順娘瞥見孫氏忽然臉色不好，雖然很短暫，但她臉色也跟著一僵。

薛老頭邀著大家去堂屋先坐，又高聲讓薛蓮出來給幾位長輩見禮倒茶。

男女雙方驗親的時候，一般是不讓未婚嫁的女娃在旁陪著的。所以張順的么妹張芳便與薛婉一同留在院子裡，其餘的大人都進了堂屋。

薛婉見張芳在院子裡東走西看，便想起今天自己來老宅的另一個重要目的，於是趁著張芳去逛雞舍時，薛婉提起裙子，悄悄跑到西屋北側的草棚子裡偷看農具。

草棚子的地上有不少散落的桔稈，還有許多乾泥塊，顯得有些凌亂。以前大家一起住時，都是陳氏打掃草棚子。現在分家了，這裡應該有很長時間都沒人清掃了。

薛婉小心地邁過幾個大些的泥土塊，走到角落裡，搬開幾個堆在一起的扁擔、耒耜和木杴後，她想看的東西終於呈現眼前。

耬車，並且不是三腳耬，而是三腳耬的上一個版本二腳耬！

老薛家的家境在青山村算是不錯的，所擁有的農具不算少。按照這個水準來推斷，其他莊戶家裡用的耬車應該也是二腳耬。

哈哈！得知自己昨晚回憶加設計出來的改進方案在這裡並未過時，反而很先進，薛婉擔心了一整晚的事總算放下了。

很好！那下一個要製作的農具，就決定是多功能三腳耬車好了！

就在薛婉興奮得差點原地轉圈圈時，身後倏然響起一道脆亮的女聲。「喂，妳是不是叫薛婉？」

在心裡做著製作計劃和如意買賣打算的薛婉冷不防的被突然出現的聲音驚了一下，回過頭去，見到方才還在雞舍那邊轉悠，此時卻不知在自己身後站了多久、觀察了多久的張芳，正用一種探究的眼神好奇地望著自己。

薛婉一時半會兒的沒答話，張芳也不介意，只環抱胳膊，依在草棚門口的木柱子上，彎起吊梢大眼，笑咪咪的又問：「妳在看什麼？看耬車嗎？」

薛婉沒料到她居然有此一問，也不知道她是出於什麼目的才問自己，頓了片刻，才回道：「對。妳有事嗎？」

張芳高聲笑了兩聲，瞇起眼睛笑望著她。「真的是妳。妳難道不知道嗎？妳現在在我們附近幾個村子已經出名了！」

薛婉傻眼了。「啊？」

薛婉愣了半晌，想起方才張順家的人進到院子裡以後，特意打量自己的好奇眼神，這才知道自己怎麼就入了張家人的眼的，於是也來了興致，與張芳笑著說話。

「怎麼可能？我怎麼就出名了？」

張芳單手擱在腰間，繞著她走了兩圈，從頭到腳將她看了個透澈，一副小潑辣的嬌俏模樣，笑著問她。「曲轅犁是妳弄出來的不是？我家買了三副呢！我爹娘說特別好用。我娘還誇妳聰明咧。」

發展太出乎意料，薛婉不禁張大了嘴，瞪直眼睛憨憨地嘀咕了一句。「不、不會吧？這……這就出名了？」

「妳可真有意思。」張芳見她一臉憨態，不由捂著嘴直笑，又說：「還有那個彈簧。聽說也是妳弄出來的？我爹在我家牛車上裝了幾個，坐起來比原先舒服多了。現在縣城裡有錢的大戶人家，好多都給自家的馬車裝彈簧了呢。」

這太讓人感到意外了！怎麼就莫名其妙出了名呢？薛婉驚得瞪圓了眼睛，腦子一片空白。隔了好一會兒，才反應過來，接著便領悟出一件令她吃驚的事。

真是人不可貌相啊……沒想到長得那麼清雅俊美的陸公子，居然是個大嘴巴?!自己弄出彈簧和曲轅犁的事，都與他有關，肯定是他到處和人說，別人才知道她的！真是夠了！

薛婉不知道的是，這事真不能怪陸桓，這都是陸桓長姐陸嫻的丫鬟翠鶯，還有陸桓的小廝小武傳出來的。

另外，那木匠鋪子也給了一波不小的助力。曲轅犁賣出之後，有不少同行匠人與地主在好奇之餘皆紛紛上門詢問，木匠鋪子的夥計們也沒瞞著，不知是有意還是無意，反正全都照實說了。

大戶人家的丫鬟、小廝多，每日做完自己的差事閒暇以後，就喜歡聚在一起說閒話。薛婉弄出的兩樣物件很稀奇，又對車馬出行及農人耕作有極大影響。而薛婉本人還是個未及笄的農家小姑娘。幾方面合在一起，就讓人更好奇了。

於是無論是富戶還是農門，皆有許多人相詢轉告。甚至有些好奇的讀書人專門去縣裡的大小書齋裡尋過相關的農書匠書，想要找到薛婉提過的書，可惜都未曾發現彈簧或曲轅犁的記載。於是，事情被傳得越發神秘起來。

一時之間，薛婉在毫不知情的情況下，已成為縣城裡頗有些名聲的人物了。各類傳言和消息，先由縣城幾戶相熟的大戶之間傳出，慢慢向縣郊四周的幾個村莊擴散。

前張家村因與縣城相距甚近，故而很早就得到了消息。這才有了今日張芳堵著薛婉問話的這一事。

見薛婉臉色精彩得很，張芳覺得這個比她小兩歲的女娃十分可愛，便嘻嘻笑著逗她說：「婉兒妹妹，妳能不能告訴我妳看的是哪本書？我等會兒去告訴我二哥、三哥，他們可都是識字的呢！說不定看完，也能像妳一樣搗弄出一些新鮮玩意。」

薛婉的靈魂好歹也是個混了好幾年社會的成年人。當最初的驚訝過去後，此時冷靜下來，發現面前的小丫頭片子是想拿自己尋開心，倒也不氣，只順著她的話開始胡謅。「啊，我隱約記得好像是叫《齊民要術》。」

張芳聽了，歪著頭兀自嘀咕。「三哥也看了不少雜書，這本我從沒聽他提起過呢。」

薛婉面上不顯，卻在心裡嘿嘿一笑，心想妳聽說過才怪。

要知道，古代的書籍傳播相比於現代是非常艱難的。運輸和保存皆極為不易，並且大量書籍都是貴族世家的私人財產，想要一見，談何容易？

就拿極為著名的古代藏書樓天一閣來說，它最先也是明朝官員范欽的私產。即便是范欽的子孫想要拜讀天一閣裡的書籍，也是極為不易。

他甚至還立下家規明令：子孫無故開門入閣者，罰不與祭三次，私領親友入閣及擅開書櫥者，罰不與祭一年；擅將藏書借出外房及他姓者，罰不與祭三年，因而典押事故者，除追懲外，永行擯逐，不得與祭。

所以，在這極為類似中國古代的平行時空，薛婉對於捏造不存在的書名，抑或是告知真實存在的書籍，她都完全不擔心會被揭穿。世上的書籍何其多，又有誰能做到真正的見過、並讀過每一本書呢？而且說出真的書名，半真半假，更能讓人相信呢。

張芳回憶片刻，果然理不出任何頭緒，表情變得嚴肅起來，對薛婉說：「我沒聽說過這本書，想必我兩位哥哥也不一定知道。那書在妳家嗎？能否借我幾日？」

薛婉笑了笑，堂而皇之的扯假話。「對不起呀，芳兒姐姐。那本書是我以前在田裡玩時，遇到一個來咱村探親的老伯。他得知我識字，便借我看了幾日。現在那老伯早已不知去向啦！書自然也無蹤可追了。」

張芳聽了，一臉惋惜。但因瞧薛婉尚算親切，故而又隨意與她說了幾句閒話，便沒在此事上多做糾結。

陳氏曾私下與薛婉提過，說張順的么妹性子有些怪，可在薛婉這個非典型小村姑來看，她還挺喜歡張芳的。

雖然說她的性格有點潑辣跋扈，說話有些嗆人，但為人直爽，是個沒啥壞心眼的小辣椒。以張芳的生活環境來說，這也不奇怪。家裡殷實，她在家中又排行老么，爹娘疼著、兄長寵著，性情自然就會驕縱些。小姑若是嫁過去，與其相處，稍微多讓讓、哄著她些就行了。

然而薛婉忘了一點，小姑薛蓮在家裡也是受寵的老么，外加還有個偏疼她偏疼得厲害的親媽孫氏……這同性相斥，她嫁過去以後的酸爽滋味，不言而喻。

第十八章

半個時辰後，驗親結束，張家人便離開了，沒在老宅用飯。驗親不留飯也是附近十里八鄉的規矩。

陳氏與薛婉待驗親一結束，將張家人送走後，沒在老宅多留，很快便回了自己家。

走在泛著清新泥土氣息的小道上，薛婉問陳氏驗親如何。陳氏只微微嘆了口氣，眉頭微皺著說：「妳奶奶當時給我擺了兩次臉，被張順娘見到了，我瞧著她當時臉也沈了沈。早前我就聽說他娘規矩大，不曉得會不會認為妳奶奶是故意挑事下她臉面。希望她不會因此事不喜妳小姑才好。」

薛婉挽著陳氏的手臂，安慰道：「娘別多想了。這事啊，說白了也是奶奶她閨女的事，您多擔心也沒用。各人有各人的緣法，日子過得好不好，那還得自己過了才知道。」

陳氏側過頭，欣慰地望著她，又摸了摸女兒的頭髮。「我閨女說得是。旁的我也操心不了，妳能這般想，說明妳懂事看得開。」

薛婉見親媽的臉色的確好了許多，這才放心。心裡開始琢磨著，等下晌薛南去送完給隔壁村打製的櫃子回家來，就可以開始和他一起討論製作新產品了。

「想做耬車？」薛南從田地裡轉悠了一圈回家來，聽到薛婉與他說的提議，蹙著眉頭問：「可是老宅已經有耬車了啊？還是咱閨女又想到啥點子要改進那個耬車了？」

薛婉笑呵呵的說：「對。爹，我見老宅的耬車是二腳耬。咱何不試試三腳耬？」

「三腳耬？」薛南回憶說：「以前喬老好像也做過一個三腳耬，但下田播種時發現，它不如二腳耬播種來得均勻。後來聽說還需改進，也不知眼下新的做出來了沒有。」

薛婉聞言，暗自一驚，心想喬老果然厲害。要知道任何一個時代，那些發明創造者，可都是改變某一領域科技進步的先驅。沈默半晌，又想到，喬老雖然已經在做耬車的改進，可這並不影響自己啊。

便對薛南說：「喬老是喬老，也不影響咱們。我在一本農書上見過，說那種三腳耬可以三犁共一牛，一人將之，下種挽耬，皆取備焉，日種一頃。」

「日種一頃？」薛南驚了，伸長脖子瞪直眼睛，一副「閨女我不識字但妳千萬不能騙我」的表情看著薛婉。

「沒錯。」薛婉笑咪咪地點頭，神情像隻正在打如意算盤的小狐狸。「日種一頃。」

她剛才對薛南說的話，可不是瞎吹牛。能「日種一頃」的三腳耬，是西漢武帝時搜粟都尉趙過所發明，這種耬在東漢崔寔《政論》一書中有明確記載。

就算在現代的北方農村，仍有人在使用這種三腳耬來進行播種。

薛婉也曾想過弄出四腳耬、五腳耬甚至六腳耬。但耬腳越多，在耕作時，對田地本身的土質，以及操作者的技術和體力就要求更高。

在耬車的歷史發展過程中，還是二腳耬和三腳耬的使用最為普遍，這不是沒有道理的。而且就其播種均勻程度，易於操作性和播種效率而言，仍是三腳耬占了上風。

最重要的是，工具應當循序漸進，如今只有二腳耬，製作三腳耬是最好的選擇。

薛婉又將三腳耬的益處與工作原理說了一番，薛南聽得雲裡霧裡、頭暈眼花。他本身也就學過兩年木工，打個桌椅、櫃子、箱子還行，但論機械機關，可謂所知無幾。

最後薛南一抹臉，揮了下大手，拍板說道：「得，妳跟爹說的這些，爹聽不太懂。乾脆妳怎麼說，我就怎麼做。」

薛婉心想搞定親爹了，於是笑說：「行，那稍後我將圖紙拿來。咱還和上次一樣，我來說，爹來做。」

兩人商定，第二日便開工。因為薛婉想製作的三腳耬，在耬腳上是需要安裝鐵犁的，故而她便將大小尺寸以及樣式寫畫在一張紙上，請薛南進縣城先去找鐵匠鋪子訂做。

做到一半的時候，薛婉又想起曾在哪篇講述農耕機械的文章中看到過，耬車在漢以後的幾個朝代又被改進過，除了開溝、下種、復土的三道工序上，還增加了施肥的功能。

然而薛婉並未見到關於增加施肥功能的三腳耬的實際構造，便只能根據自己對耬車各個組件的了解，推測耬斗應該是箇中關鍵所在。

於是她花了大半日的時間，在耬斗的後面加了一個肥料槽，將其與耬斗中的大籽斗、小籽斗和下籽筒相連的筋繩做了幾番調整，這才將具有四重功能的三腳耬做出雛形。

父女二人這般那般的忙活了六、七日，將將趕在大多數農戶集中播種的前三日，終於將薛婉印象中的耬車「戰鬥機」款給趕了出來。

新耬製成，薛南急忙忙地找隔壁陶家借來耕牛，親自下田試驗。下過田以後，薛婉將其出現的問題記錄下來，逐一對新耬存在的缺陷再次進行修整。又過一日，總算大功告成。

由於臨近播種時間，薛南比薛婉還著急。兩人連被弄髒的衣服都來不及換，他就將新耬搬上牛車，拖著薛婉一起，灰撲撲地趕去縣城了。

父女二人趕到陸家的木匠鋪子時，正是晌午。鋪子裡沒什麼客人，更顯寬敞亮堂。明晃晃的陽光從天空中斜灑進來，照得人懶洋洋的。

原先候在門口的夥計倚在門旁的小木榻上，腦袋一歪一歪的，眼皮半睜半閉，正在打瞌睡。掌櫃坐在桌子後，左手捋著小鬍子，右手撥弄算盤翻看上半日收進的帳目。

夥計瞇著眼見薛南與薛婉父女二人進來，而且薛南肩上還扛著一個三隻腳的大肚子耬車，夥計身體一正，瞬間來了精神。

自從薛二郎上次弄出那個新犁後，他們鋪子緊趕慢趕地仿製做出了十多把，都賣出了不錯的價錢。到後來，外面的鋪子也開始仿製，價格便也下來了。不過也是搶了先機，現今縣城裡幾戶田地多的大戶，都在他們鋪子裡訂製新犁，使他們這兩月在耕犁上的盈利增加不少。

「嘿？薛二哥又來啦？」小眼睛夥計熱情得笑臉相迎，一邊與他打招呼，一邊幫他卸下那耬車。「今兒是來寄賣這新式耬車的？」

「是啊。」薛南樂呵呵地回應，在那夥計的幫忙下，小心地放下耬車。

夥計瞥見薛南身後跟著的少女，想起上回她來時，少東家問了不少關於她的事，於是眼睛滴溜溜轉了兩轉，連忙跑到另一個壯丁的耳旁低聲說：「你別閒著了，趕緊去縣尊大人府上，將少東家請過來。」

壯丁正犯睏著，冷不防的聽見「少東家」幾個字，一個激靈，登時清醒過來，打著哈欠問：「啊？少東家若問我為何請他，我、我要和他說什麼啊？」

小眼睛夥計氣他不夠機靈，嫌棄地瞪他一眼。「就說薛二郎來了，他家閨女也跟著來了。」

壯丁不知夥計為何讓他這麼說，但知道這夥計很機靈，平日鋪子裡有個什麼麻煩，到他這裡大致都能被他給擺平。故而也不違背他的意思，抹了把臉，迷迷糊糊地出門了。

見那壯丁聽話地走了，夥計十分客氣的對薛南父女二人說：「您二位不知道呀！最近托兩位的福，咱鋪子賣出不少新犁。喬老吩咐我說，若您二位再登門，定得告訴他。兩位稍坐，我這便去與喬老說一聲，立刻就回來。」

薛南笑著揮手說不妨事，讓他趕緊去忙。那夥計就小跑著去了鋪子後面的木坊。

不多一會兒，又匆匆地跑回來，臉有急色。「快，兩位快請。我將二位帶來的新樓與喬老說了，喬老相請，讓兩位去木坊裡敘話。」

薛南與薛婉點頭，步子還沒邁開，那夥計又慎重道：「別忘了將這新樓帶去。喬老吩咐要一起扛進去。來來，我與薛二哥一起扛。」

說著，他便彎腰抬起樓轅，讓薛南抬著樓把，兩人一起合力將樓給抬進了木坊。

進了木坊，薛婉算是開了眼界。六間房屋，分東、西、北面相鄰，兩房為相鄰的一排，各占一方。

六間房都沒裝門，而是以門板替代。如此便將可出入的門面擴到了最大。

每間房薛婉粗略估計下來，大的將近有十七、八平方公尺，小的也有十四、五平方公尺。三面合圍的房屋前，還有一個極為寬敞的天井。

此時，此處與鋪面的閒暇形成鮮明對比，木屑翻飛，匠人們掄著胳膊忙活得熱火朝天。

搬運與拼裝的青壯約有七至八人，或在埋頭敲釘，或在扛抬進出。

喬老則擼著袖子扠著腰，來回檢視匠人們的活計是否做得紮實到位。在他身邊，也擺放著一抬三腳耬車。

見薛南和薛婉二人進來，喬老嚴肅的臉上綻出笑容，一邊捋著花白的鬍子，一邊對兩人連連招手。「快進來、快進來。把那耬車放我面前，讓我好好看看！」

聽見喬老如此說，四周的匠工和學徒們紛紛放下手中活計，興致勃勃地走過來一同圍觀。

薛南與薛婉與他見了禮，喬老讓薛南將帶來的耬車與自己身邊的耬車擺在一起。

他瞇起眼睛，繞著那輛耬車前後左右看了足有大半炷香的時間後，總算直起腰，撫著鬍子深有感悟的重重笑嘆道：「原來如此、原來如此啊！妙！精妙啊！哈哈哈！老夫只感茅塞頓開！」

四周圍著的二十幾個匠工和學徒見喬老開懷大笑，都十分疑惑，彼此你看看我、我看看你，卻又無人敢出聲打擾他。

薛婉也在觀察喬老做出的那輛三腳耬車，將那耬車上下細看一番，也發現了問題究竟出在何處。於是定下心來，安靜等待喬老發問。

一陣溫柔的春風吹來，薛婉忽的聞到空氣中夾雜著一股似蘭又似竹的幽雅清新味道，很淡，像是人身上沾染的薰香味，離自己極近。

薛婉正想回頭看看是哪位匠人，居然還會使用薰香如此雅致的東西，卻聽喬老對自己說：「薛家丫頭，妳不會又是在哪本書上看來這三腳耬犁的製法吧？」

「啊？」正被那陣好聞的香味弄得心不在焉的薛婉突然聽喬老對自己說話，連忙收斂心神，見喬老一雙瞇縫的小眼睛正閃著熠熠精光，恨不得將自己盯出個窟窿來，心裡直發虛。「啊，對、對對。是、是書上看來的。」

「可否告知老頭我，是哪本書上看來的？」喬老下一句問話緊緊接上。

「呃……我、我看的書很雜。隱約記得一本是叫做《政論》，另一本是《齊民要術》。」雖說有了先例，她並不擔心自己因此事而被懷疑不對勁，但是面對這樣一位彷彿能看穿一切謊言的老者，薛婉仍然不免感覺心虛。

喬老眉頭緊鎖，似是在回憶自己有沒有看過這兩本書。周圍有幾位識字的老匠工，也兀自露出思索的神情。

薛婉頭皮發麻，侷促不安，不自覺地往後退了一步，恰好踩在一段廢棄的圓木塊上。腳下一滑，身子頓時不受控制地往後倒去。

薛南站得離薛婉較遠，注意力又不在女兒身上。當他發現女兒快跌倒時，伸長手臂，跨跑過去，已是趕不及了。

屁股怕是要裂成兩瓣了！

薛婉皺起小臉，心中已經做好要摔得結結實實的準備。

未料此時從後伸出一雙有力的手臂，穩穩一攬，就將她環進了臂彎裡。

一縷比方才若有似無明顯許多的幽香飄進鼻端，薛婉瞬時跌進一個溫暖的懷抱裡。

「小心！」一個清潤悅耳的年輕男聲傳入耳內，由於離得極近，似是在耳旁低喃。

薛婉被那陣淡雅香氣撩得心神一蕩，站穩後回過頭去，正望進一雙星眸。

——居然是陸桓！

原來……原來剛才一直站在我背後的人是他？他什麼時候來的？他難道每天都會來鋪子裡嗎？一堆問題忽然湧入薛婉腦海。

「薛姑娘可無恙？」兩人四目相對，陸桓的臉上極快的閃過一絲羞澀。

不知是否受他影響，薛婉的心劇烈跳了幾拍，眼神不自覺地凝在他身上。見他一身淺藍色長衫，立於朗朗晴空之下，面容俊秀，溫文爾雅地望著自己，渾身上下透出如空谷幽蘭般的靜雅氣質。

薛婉巴掌大的小臉立時浮起兩朵淺淺紅雲，驚得迅速退開一步，尷尬笑道：「啊哈哈……沒、沒事。多謝陸少爺出手相助。」

生得帥就算了，氣質還那麼好，那就很惹人犯罪了。薛婉的小心肝怦怦直跳。

陸桓按下心中驟然浮上的那股悵然若失之感，眼中透出一絲溫柔。「無須客氣。方才不得已才……失禮，失禮。」

傻眼的薛南回過神來與陸桓道謝。四周的匠工與青壯夥計們連忙收起意味深長的眼神，正了臉色，相繼詢問薛婉是否無恙。

「小丫頭沒事吧？」

「腳有否傷著？」

薛南扶著薛婉的胳膊幫她站直。「閨女，快扭扭腳，看看疼不疼？」

於是薛婉試著扭了扭腳踝，覺得沒什麼疼痛感。「沒事。沒傷著。」

第十九章

陸桓一直站在她近前，生怕她扭傷了腳踝再次站不穩，眸中亦透出關懷之情。

喬老掃了一眼臉色微赤的陸桓，又掃一眼眸光亂晃的薛婉，眼底劃過一絲了然，見眾人說得差不多，才輕輕咳了一聲。

「薛丫頭可安好？」

「安好，安好。多謝喬老關心。」薛婉微微側過頭，避開陸桓凝在自己臉上的眸光，壓下心中突然泛起的莫名花癡感覺，想起正事來。

又因想要化解與陸桓之前親密接觸帶來的尷尬，主動開口問喬老。「喬老若有意見，請儘管指教爹爹與我。」

因為出了剛才的小插曲，喬老便不再揪著薛婉所言的書不放。小姑娘明顯是不想吐露實情。以自己的年紀輩分都能當她爺爺了，緊盯著這樣一個女娃逼問也不合適。

故而聽到薛婉主動繞開方才話題，喬老就順了她的意，微微仰起下頜，哈哈笑道：「我哪敢指教你們？請教還差不多。」

薛南被他說得窘迫的連連搖手。「不敢當、不敢當。」

喬老視線繞過薛南，直接落在薛婉身上，笑著對她招手道：「來來，小丫頭。給老頭兒我說說，妳在這耬腳上增加這個鏵後，下田耕種成效如何？」

薛婉被問及專業問題，於是收斂心神，端正面色，立刻進入工作模式，指著那三個加固在耬腳上的鏵說：「此為耬鏵，中間有高脊，也可喚作開溝器。在耕牛拉動耬車時，可深入土地兩寸有餘，種子經由耬腳撒落下來，能深植於土壤之中，使產量大為提高。用此三腳耬車耕種的土地，就如同用小犁犁過一樣好。」

薛婉說得十分投入，一副「我和你們說我這個新耬你們不買就可惜了」的推銷語氣。

薛南見喬老聽得極為專注，心中無比自豪，在一旁補充道：「婉兒說了，以此耬車，加之一頭耕牛，一個人，便可日種一頃。開溝、下種、復土，皆可一氣呵成。」

此言一出，周圍的數個老工匠皆聽得雙眸放光。幾個年紀輕些的，更是禁不住驚訝，紛紛低聲討論起來。

「看來咱喬老做出來的三腳耬，與這小丫頭從書上學來的三腳耬，就差在這三個新添的耬鏵上頭了。」

「可不是嗎？沒想到加鏵與不加鏵，差別竟然如此之大。」

「這丫頭的三腳樓也才新製，究竟能否如她誇口的那般好使，還得下過田用過才能得知。」

陸桓在一旁安靜地聽著，眼神不時停留在那三腳樓與薛婉的臉上。清亮的星眸中，不時會閃現出爍爍光彩。

喬老一抬手，示意眾人先安靜。滿意的點點頭，又指著緊挨著樓斗的一個木槽問薛婉。「丫頭，若真如妳所說。那妳這三腳樓，可是比我做出來的還好用些。不過方才我已注意到，妳這樓斗之後的木槽，又是作何之用？」

薛婉微笑道：「此木槽是用來堆放細糞或拌過的蠶沙，作施肥之用。方才我爹漏了一說，此三腳樓不僅能同時完成開溝、下種與復土。」說著，走到那樓車之後，以手拉動懸在樓把之後的一根細繩。隨著她的動作，那木槽便一開一合，而槽底的三個圓孔在她的拉動之間有節奏的顯現。「透過扯動這根細繩，便可進行復土之後的施肥了。故而使用此樓車，應可一次便完成四項工序。」

薛婉對此改動還是頗為滿意的。她相信經過改造之後的三腳樓，即便與現代機械化的播種機相比，也毫不遜色。

喬老聽了薛婉的解說，臉上露出激動的神色，又與幾位技藝精熟的工匠你來我往的熱烈商討一番，最終極為舒暢的喟嘆一聲。「好，好，好！甚好！待稍後，老夫一定要親自用它下田試上一試。」

一連三聲「好」，足以見得他有多高興。

薛婉悄悄鬆了口氣，心想今天應該算是順利過關了。

孰料一口氣還沒吐完，喬老忽的語出驚人。「薛二郎，你可願做我的閉門弟子？留在鋪子裡做長工？」

「啊？」在一旁見到閨女出息，笑得眼睛都瞇起來的薛南沒料到喬老會陡然對自己提出收徒之邀，傻了半晌，臉上才流露出驚喜不已的神色。

要知道喬老可是他們北邊極為出名的能工巧匠，近幾年他年事已高，已經不再收徒了。而能留在這個玉蘭街上最大的木匠鋪子裡工作，那是普通農戶想也不敢想的好事。據他所知，鋪子裡一般的工匠，一月都能有八百文到一兩銀子的月錢，快趕上白雲縣首富家裡二等丫鬟的月銀了。

思及此，薛南臉上不禁現出狂喜之情。「這、這可是……可是真的?!」

喬老捋著花白鬍子，笑道：「當真。不過，你在鋪子裡上工期間，每月需得帶婉丫頭過來三日，與我等一道參悟商討各類木製機關。你家這女娃在機關上很有些天分，只留在家中做飯繡花，實屬荒廢才能了。」

喬老心裡其實想收薛婉為徒，但木匠不收女徒是他們這行素來的規矩，他不能破例。不過藉著收薛南為徒，從而時常請薛婉過來一道研究不同的機關，卻是合宜的。故此，才有今日破格再收徒弟之舉。

只是薛婉到底是個女娃，若時不時的與他們這些男工匠處在一起，多少對其清譽會有所影響。因此，這還得問過她爹娘的意思才行。

薛南聞言，也顧及到閨女的清譽，這才勉強壓下直接應承的意願，一邊搓著手一邊小心翼翼道：「那、那容我回去與婉兒娘說一聲，成嗎？」

「應該的。」喬老笑呵呵說，轉頭看向薛婉。「再者，也得問過婉丫頭的意思才行。」

能有更多機會接觸機械，薛婉簡直求之不得，眉眼之間全是喜意，笑彎了一對鳳眼，點頭說：「我自然是願意的。多謝喬老抬愛！」

幾個工匠圍過來，祝賀薛南，薛婉在一旁笑咪咪地聽他們說笑。

看門的夥計眼神一瞥，倏地掃到少東家眼睛正一眨不眨地瞧著薛婉，星眸閃耀，嘴角噙笑，分明是喜悅的神情。

夥計忽然福至心靈，想到今後若薛婉這丫頭能常來鋪子裡，那少東家不就能與她經常見面了嗎？

不自覺地擠了擠小眼睛，夥計咧嘴笑起來。

若是這般下去，這位薛家的小村姑莫非會變成他們的少東家夫人不成？

夥計的心思如何，薛南與薛婉可無從得知。目前父女倆的心思，都放在談價錢上。

這次父女二人做出三腳耬車後，去木匠鋪子裡原是想要和上次的新犁一樣寄賣。

結果，喬老在親自使用新耬下田試驗後，與掌櫃和陸桓三人一商量，決定直接出十兩銀子將此耬買下來。

薛婉聞言很是吃驚。她方才與薛南在來縣城的路上，問過薛南後得知二腳耬的售價在二兩半到三兩銀之間不等。

參照二腳耬的價格，父女二人原打算將這三腳耬開價到四兩五錢銀。雖然扣去木料、鐵料的成本後，價格仍然偏貴，但好歹是第一把能兼顧開溝、播種、復土和施肥的新式多功能的耬車，堪比現世耬車中的戰鬥機，論先進程度那可是頂呱呱，價格貴些自然也無可厚非。

沒料到喬老竟然語出驚人。「你們這耬車也別寄賣了。直接賣給我們鋪子，我們鋪子付你們十兩銀。」

幸福來得太快，父女二人頓時被遠超過預期的銀子給砸暈了。

薛婉懵頭懵腦的問喬老。「喬老，為何給我們如此多的銀兩？這樣做，店裡不會虧本嗎？」

喬老捻著鬍子哈哈笑。「妳這丫頭能這麼問我，可見是個實誠的姑娘。我給你們開出此等高價，當然是有條件的。」

薛婉腦中的小燈泡一亮，心想：這多出來的五兩多銀子，該不會是新產品買斷費吧？

「您請說。」

果然就聽喬老說：「第一，你們在這一個月的播種期內，不許再製三腳耬；若家中已有成品，則不能給旁人看去，更不能賣給別家鋪子，要賣到我們鋪子裡，價格則為四兩。第二，今後若能製出其他新式樣的農具，還需第一個送來我們鋪子。」

薛婉蹙眉沈思，不一會兒，便想明白喬老開出這兩個條件的用意。

從三月下旬到四月中旬這段期間，是大部分莊戶集中播種的日子，用到耬車的人家也最多。而自家在這段時間若再做新耬，那也頂多能做個兩、三把，畢竟自己家也是要農忙播種的。爹的手上還有鄰村來找他打造木箱的活計。

再者，自家製出帶施肥功能的三腳耬，若論機械製作的難易度，仍是很容易被手藝好的匠人仿製。

故而喬老提出的第一個條件，就是防止他們鋪子趁著播種期趕出第一批三腳耬時，會被其他木匠鋪子搶先仿製售賣。這也變相地斷了薛南與薛婉趁此期間再製新耬車售賣給其他人的財路。

如此一來，多給出的銀子即為買斷補償費便能說得通了。

至於第二個條件，則不難猜到。但凡是開鋪子的，沒有哪個東家會不想占盡新商機。

薛南知道自己的腦子不如閨女活泛，見閨女閉口沈思，他便也不開口。直到薛婉眉頭舒展，對他輕輕點了一下頭，薛南才咧嘴樂道：「成。我們應了。」

見生意談妥，夥計將圍觀的匠工和學徒們都趕回去做事，而掌櫃則進了東屋的帳房，從中取出十兩現銀，親自遞到薛南手裡。

薛南捧著十兩銀子，兩眼興奮地直冒星星，笑得合不攏嘴。

薛婉見親爹將銀子收好，也面帶微笑，拉著他與眾人道過謝後，便一同出了鋪子。臨走時，她經過陸桓身旁，嗅到他衣衫之上的淡雅蘭香味，於是想再偷偷看一眼帥哥飽飽眼福。哪知抬頭望去，眼神卻與他的撞了個正著。

沒料到他也正在看自己。薛婉心跳倏然加快，不禁臉一紅，朝他微微一點頭，也不敢看他的反應，逃也似地跑了。

喬老見識過薛家父女做出的三腳耬後，一直困擾自己的改進問題終於被解決，心情甚好。摸著鬍子笑咪咪地望著父女二人離開的方向，自言自語道：「可惜啊可惜，這麼聰明的娃兒，是個女子。」

陸桓輕輕舒了口氣，平復因與她對望而波動不已的心弦，淺淺一笑，道：「她能遇見喬老，就不可惜。」

陸桓指的是喬老收薛婉的父親為徒，繼而變相為薛婉提供發揮才智可用之處的事。

喬老瞥了眼正在凝望薛婉背影的陸桓，笑得更開懷了。「她能遇見少東家，也不可惜。」

陸桓心中一跳，連忙垂下眼簾，掩去眸中的不捨，薄唇輕抿，又對喬老說：「煩勞喬老，若今後那姑娘再來鋪子裡，還請遣個夥計告知予我。」

喬老雙眸晶亮，仰頭笑出了聲。「當然，當然。」

薛南與薛婉興高采烈地回到家時，已是夕陽漸退，月色朦朧，村路上幾乎不見行人。

大黑搖著尾巴繞著父女二人歡快的跑著，鼻子還發出「呼呼」的興奮噴氣聲。薛婉開心的從牛車上蹦下來，對迎出院子的大黑說：「大黑乖哦。等急了吧？」又見到堂屋裡的油燈亮著，陳氏倚著門欄，往院子外的鄉道上不住地張望。薛敬則坐在堂屋裡，挺直脊背默寫《論語》。一邊寫，一邊靜靜陪著陳氏等待父女二人歸家。油燈的燈芯被經過堂屋的東風吹得搖曳，為他尚顯稚嫩的臉頰罩上一層清寂而溫雅的光，帶出不同於往日的幾分成熟感。

薛婉奔至門欄處，見到如此一幕，不由地停下腳步，愣了一瞬，心中忽而浮起一種極不尋常的感覺。覺得薛敬這孩子，臉上的神情偶爾會讓人看不透。又想，這樣的孩子，說不定今後能憑過人智慧跳出農家，明宣入紫宸，活躍於廟堂之上。

「當家的，婉兒，可算回來了。」陳氏放心地笑迎過去，幫薛婉拍著身上的灰。父女二人一走便是將近四個時辰，直至夕陽西沈才歸家，怎能不讓她著急憂心？

「娘，別擔心。」薛婉被陳氏的話拉回神，收回停留在薛敬身上的視線，轉而對她笑道：「等會兒告訴妳兩件事，定讓妳開懷大笑。」

「哦？」陳氏看看薛婉亮晶晶的眼睛，再看一邊卸牛車一邊咧嘴直樂的薛南，心中猜測父女二人賣新耬應該相當順利，於是順著薛婉的話問：「什麼好事？喜得妳爹連眼睛都快笑得看不見了。」

「娘猜猜，咱今日的耬車賣了多少銀子？」

薛婉進屋，經過薛敬身旁時，他乖巧地喚了聲「姐姐」。

薛婉笑著拍了拍他的肩。

陳氏給父女二人將灶間溫著的飯菜端到桌上。「賣了多少？不是說要賣四兩五錢銀嗎？莫非賣了五兩不成？」

薛婉抿嘴笑，瞧一眼陳氏，又掃一眼面不改色仍在四平八穩執筆默寫的薛敬，這才說道：「賣了十兩銀子！娘高興嗎？」

第二十章

薛敬纖細白皙的手腕一抖，一個「之」字的最後一筆寫歪了。片刻後，緩緩吐了口氣，凝神靜氣繼續寫字。

比起小弟的鎮靜，陳氏一時沈不住氣了，眼睛接連眨動好幾下，聲音也有些顫抖，道：「怎麼……怎麼會給這麼多銀子！翻倍都還不止呢！」

薛婉嘻嘻一笑，將今日賣樓之事與陳氏講了，陳氏亦是高興不已。

對女兒說：「之前頭兩次，我見妳折騰出不少銀子。原以為妳是以前被奶奶和妳爹逼急了，一時急中生智。沒承想，妳這能賺銀兩的本事，居然並非急智？既然如此，早前為何不見妳能如此活泛動腦子？還有，妳總說看雜書學來的這些，可我也未見妳翻看什麼雜書啊？妳姥爺的遺物中，此類農書、匠書也沒幾本啊！」

薛婉一聽親媽這懷疑的話語，立刻有了警覺，笑著打哈哈。「呃……我之前醒來後，不是去縣城裡晃過幾日嗎？那時候有個街邊的老伯因天寒地凍，腿腳不便，跌倒了，我就去扶了他一把。他年輕時是個工匠，家裡便有些書。我將他扶回家時，見到那幾本書便問了幾句，他就借我翻了幾本。娘也知道，那幾日天那麼冷，若不是抽空躲在他家取暖看書，我成日待在冰天雪地裡，肯定早就凍生病了不是？」

陳氏之前不敢問薛婉她的點子是哪裡來的，生怕她心裡還有些疙瘩沒想通。此時見她狀似輕鬆地談著以往經歷，再一聽她言之有理，便也不再計較。只心疼她小小年紀，卻要被逼著吃那些苦，心裡更是不忍。故而提了幾句，就不想再談那些往事了。

薛婉見自己的轉變似乎在親媽面前糊弄了過去，又非常擔心她揪著此事不放，越想越深便能發現越多疑點，於是連忙說起第二件事。「娘，第二件好事啊。就是爹被喬老收徒，能留在那家縣城最大的木匠鋪子裡當長工呢！」

陳氏果然被她說的這件事引開了注意力，臉上笑意再起。「這可是求不來的好事啊！這種大鋪子，若是沒有個縣城裡知根知底的熟人引薦，哪個肯收咱們農家漢子？再說，長工的月錢肯定比短工多多了。」

此時薛南去陶家還完牛回來，聽見陳氏對女兒說的話，在院外將衣衫撲打乾淨，大聲道：「不過喬老說，若我進那鋪子當長工，每月都得有三日帶上婉兒一同過去。他說婉兒在機關改製上有天分，應好好發揮才是。」

陳氏對此卻有所顧慮，眉頭微蹙，有些犯難道：「可婉兒總歸是個女娃，又沒幾個月便要及笄議親，若總去那男人成堆的木匠鋪子裡，不妥啊！」

薛婉生怕陳氏不讓她去，趕緊就著親媽所憂心之事勸道：「娘，雖說那邊都是男子，可大部分都是叔叔、伯伯輩的。再說我是跟著爹同去，有爹看著，喬老又收了爹做徒弟，我也算得上是喬老的半個徒孫了，他也一定會護著我的。有這兩人照顧我，您還不放心啥？況且，那鋪子是縣尊夫人家的，縣尊公子也時常會過去，您更不用擔心會有地痞膽敢過去鬧事了。」

說著，又拉著陳氏的胳膊左右搖晃，腆著臉撒嬌。「娘，我求求您了。您就讓我去吧。我多去鋪子裡，以後見多識廣，多回來與弟弟說說，對弟弟開拓眼界也是大有益處的。」

能有機會多接觸自己的專業，都是庸俗的大人了，薛婉才不介意賣萌討好人呢！何況臉皮這種東西，在親媽面前，那是說拋就拋的。

薛婉一番話，合情合理，外帶賣萌撒嬌就差打滾了，連弟弟都沒放過被她拖來當藉口。聽得薛南在一旁連連點頭，也幫她說話。「對對，我是她親爹，一定會照看好她的。」

薛敬見姐姐為了能去木匠鋪子，難得撒嬌一回，不由得揚起嘴角，也對陳氏說：「娘就讓姐姐去吧。姐姐被娘教得好，不會不知分寸的。」

面對兩個心肝寶貝的軟磨硬泡，陳氏敗下陣來，再也顧不得堅持己見了。再說婉兒說得不無道理。有她爹陪同，又有鋪子的當家匠頭喬老罩著，那鋪子背景也夠硬，的確無甚可擔心的。

最後寵溺地笑說：「好吧。娘磨不過你們兩個。婉兒若真想去，那就去吧。」

薛婉在心中高興的撒花。終於有地方能給她長期發揮專長了，不然她總覺得自己像個沒頭沒腦的米蟲似的。東一榔頭、西一棒子，單靠自己摸索著接觸這時代的機具，那可是太費工夫了。

這是薛婉第二次賺回十兩銀子，陳氏一高興，直接塞了一百文錢給她當零用。還對薛婉、薛敬說，每隔三日便由家中出錢，給兩個娃兒買八兩羊乳喝。畢竟以後當家的有了固定收入，他們家中的銀錢能寬展許多，薛敬的束脩也是再不用愁了。

木匠鋪子的長工月銀是一兩，由於薛南是農戶，家中還有田地要照料，故而喬老同意他在農忙之時給他放農忙假，月銀則按照缺了的上工天數按日扣除。

薛南也知道喬老肯收他為徒，並且留他在鋪子裡做工是沾了女兒的光，便對薛婉說，以後每月領了工錢，也給她五十文錢做月零花錢。

薛婉喜孜孜的樂了一整晚。這下可好，工作有了，零用錢也有了，人生真是值得期待啊！

再想起若是去了鋪子，便能時常見到那俊美如玉的佳公子，還可以飽足眼福。物質生活滿足了、精神生活也滿足了，當真是美事好幾樁呢～～

這邊薛婉過得正滋潤，她的好閨密也迎來了一生中最重要的一段時光。溫暖的南風順著鄉間田野，將四處都吹得綠油油的。百花齊放的春日過去後，天氣逐漸熱起來，陶瑩的十五歲生辰近在眼前。

到了六月，季夏的灼熱炙烤大地。每日皆是豔陽高照，熱力十足的陽光穿透每一縷清涼，將村道兩旁栽種的樹木烘得枝繁葉茂。當蟬鳴四起時，陶瑩也及笄了。

薛婉發現，隔壁的陶家一下子變得熱鬧起來。十里八鄉的媒婆隔三差五的登陶家門提親，弄得陶三福與李氏夫妻二人既喜又憂。

不過，這些在青山村的王媒婆上門之後，陶家又在一日之內恢復了原本的寧靜。

原來是里正的媳婦宋氏為自己的兒子李文松來提親了。陶三福與李氏很是高興，沒怎麼推辭，很快便應了這門親。

宋氏之前可沒少與李氏叮囑，兩家人對彼此的孩子又都極為滿意，因此在李文松與陶瑩的親事上早已有了默契。

隔日，陶瑩訂親的消息便在青山村裡傳遍了。

與里正家和陶家親厚一些的人家相繼登門，去給兩家人道賀。甚至連傳聞中的老陶家，也有妯娌上門給陶三福和李氏道賀。

薛婉猜這些老陶家的人是看在里正的面子上才來陶家的，因為平日她完全都沒見過他們。

在青山村，只要年輕的小夥子和姑娘訂親，那就算是半個女婿了。訂親以後，男方可以在白日隨時登女方家的門，走動往來，亦可幫女方家中做農活。鄉親鄰里的也不會對此說任何閒話。

聽說不光是青山村，在附近的幾個村子裡，也都是這個風俗。這點倒是和薛婉原先以為的不同，她一直認為訂親以後更要避嫌，男女雙方是不能單獨見面的。

薛婉按照自己的理解對這種現象做了另一番解釋。那就是過了明路，兩人確定未婚夫妻關係，可以以男、女朋友的身分相處了。

這樣其實很不錯，至少能讓有些父母決定婚事的少男少女有個彼此接觸與相處的機會，在真正成親之前能好好互相熟悉一下，有利於婚後感情的穩定。

故此在李文松與陶瑩訂親以後，只要縣學裡逢休沐，薛婉總能在陶家的院子裡看見李文松。

或者見他換上短褐幫著陶三福劈柴，或者見他在清理雞舍，有時候陶瑩就會坐在院子裡，一邊納鞋底，一邊笑咪咪地偶爾望他一眼，再閒談幾句。

兩人看上去很是甜蜜般配。

由於薛婉時常去陶家找陶瑩學針線和聊天，慢慢的遇見李文松的次數也多了，兩人不知不覺的熟悉起來。

某次，薛婉帶著大黑去陶家串門，李文松正好也在，見薛婉來了，便興致勃勃地與她提及最近縣學裡的事。

「婉兒妹妹，妳前幾月弄出的那個三腳耬，咱們學堂夫子家也添了一副。如今，妳在咱們縣學裡面，已經是個小名人了。」李文松一邊彎腰掄著胳膊劈柴，一邊與薛婉說話。

薛婉之前聽張芳提過，自己在縣裡好幾家的木匠鋪子和大戶人家都已經有了點小名聲。近來，在青山村裡，關於她弄出的彈簧、曲轅犁和三腳耬的消息很多人家也都知道了。沒承想，連縣學裡也能聽到關於自己的傳聞。

「真的假的啊？沒想到你們縣學裡的讀書人，也這麼喜歡閒侃。」因兩人已相熟，薛婉與李文松說起話來比較隨意。而且李文松雖然是讀書人，性子卻開朗健談，薛婉還挺喜歡與他聊天的。

「這怎能叫閒侃？」李文松停下斧頭，直起身，用掛在肩上的棉布巾擦了擦汗，說：「自十數年前，我國與北方的胡寇停戰後，從先皇開始一直主張與民休養生息。新皇登基後更是韜光養晦，減免賦稅，注重農耕。此乃國策。既是讀書人，怎能不關心這些家國大事？」

「咦？按你這麼說，那我這小村姑對農耕還是有點貢獻的嘛！」薛婉正埋頭收緊木撐子上的一根繡花線，聽李文松侃侃而談，遂半開著玩笑附和他一句。

陶瑩笑著聽兩人閒聊，見李文松停下斧頭休息，便默默的去灶間端了碗涼水出來，遞給他。

李文松接過水碗，眼睛亮閃閃地盯著她，低聲對她道了謝。陶瑩看他一眼，紅著臉快速移開視線，又回到堂屋前，拿起木撐子繼續縫製帕子上未繡完的並蒂蓮。

「可不是？」李文松一口氣喝完水，放下空碗，又道：「無論對朝廷，還是對咱們莊戶人家，農耕都是一等一的大事，是天下事。婉兒妹妹若今後還能想到妙計製出新農具，於我朝農事有大利。說不準就能像先朝的那位醫好太后舊疾的女醫一樣，被封個女官呢。到時，妳可就不再是小村姑，而是不輸於咱們男子，能庇蔭家宅的朝廷官員了。」說著，又掄起胳膊繼續幹活。

「啥？」薛婉一聽，手中的木撐子掉在地上，睜大眼睛，驚得嘴半張。「女子，也能被封官？」

這個資訊量太大了，也難怪薛婉對此驚訝不已。在中國自古以來，女子能被封官並參與國事朝政的先例只在唐朝出現過一段時間，並且還都是宮廷之中的內官，在自由上有所限制，不能隨意出宮。

唐朝女官員，尤以上官婉兒最為著名。而北魏的花木蘭，也是在唐朝才被追封為「孝烈將軍」。

而東漢大名鼎鼎的女史學家兼文學家班昭，因其博學高才、品德出眾，雖曾奉旨進入東觀藏書閣，續寫《漢書》。其後更是讓皇后和貴人們視為老師，號「大家」，也曾在鄧太后臨朝後參與政事。

但她到底只是得了尊號，並未真正被授予朝廷官員的官銜。反而是其子曹成，子憑母貴，破格加封為關內侯，官至齊國的國相。

換句話說，那時候就是朝廷即便任用女子，也只給名聲，不會實質的給女子本人加官進爵。至於宋朝因抗金而聞名的梁紅玉後來被賜為安國夫人，那也只是給予女性封號，並未授予與男子等同的朝廷官銜。

故而薛婉聽到女子在這個時空能被朝廷封官，才會如此驚訝。想想她仍覺得難以置信，又急忙追問道：「那女子若被封官，也能與男性官員有一樣的待遇嗎？」

李文松難得見薛婉有緊張什麼事的時候，此時見她總算不似往日與自己閒聊時那般隨意，便再次停下手上的事，認真想了想，回道：「那倒不會。女子被封官後，無須上朝，更不能參與朝中政事。但被授予官銜後，每月都能領到朝廷發的薪俸。不過百年之後，即使官銜再高，也不能被子嗣承襲。」

薛婉點點頭。

原來如此。那就是能享個官員名頭，外加每月能拿到薪水了。這樣的女性官職好像和唐朝也沒啥不同，卻比內官好多了。畢竟可以在宮外生活，自由完全不受限制。也許平日無甚大用，畢竟不在朝中擔任要職，便沒有實權。但萬一以後被人欺負了，好歹也能拿出招牌來唬唬人不是？還算不錯，有總比沒有好。

沒想到和讀書人閒聊，也能得到這麼有用的訊息。薛婉為此十分興奮。

如果真能憑藉自己的努力和知識，得到這份殊榮，那也是實力與自我價值的實現。對於女子來說，更是這個時空極為不易而能光宗耀祖的大喜事。

第二十一章

薛婉越想越開心，正美滋滋地作著白日夢，院外忽地傳來大黑接連不止的犬吠聲。

由於家裡餵得好，骨頭、羊乳時不時的就能餵牠吃一些，大黑這幾個月長得特別快，再也沒了剛買回來時的小奶狗模樣。現如今，牠半大的身軀都已經趕上村中好幾戶人家養的成年土狗了。吠聲漸粗，連續狂叫起來很是震懾人。

薛婉聽到牠的叫聲，連忙站起走到院門口，往四周來回張望。

只見一個年輕女子身影，急匆匆的往接近後山的竹林裡越跑越遠。薛婉兀自納悶這姑娘究竟是誰，自家小弟此時從隔壁疾步走來。

「姐姐，娘讓我來喚妳回家去吃飯。」今日薛敬的私塾也逢休沐，陳氏便加了一頓午飯，給兩個孩子都加餐。

薛婉與李文松和陶瑩告辭，跟薛敬一同往自家而去。大黑顛顛地跟在兩人身後小跑著，東聞聞、西嗅嗅，不再出聲吠叫。

大黑十分聰明，一般看見相熟的人來家裡，只叫個兩聲便不會再吠。方才牠一連吠了好幾聲，薛婉就知道附近有生人出沒。結果跑出去一看，果然看到那個女子背影。

只可惜那背影似熟非熟，不像是她所認識相熟人家的丫頭。

見薛婉陷入沈思，薛敬猜到她在想什麼，望了眼四周，見無其他人蹤影，這才對薛婉說道：「姐姐，方才我來找妳時，瞧見牡丹姐姐在陶家附近徘徊。我瞧她臉色，有些……」

李文松此刻正在陶家，牡丹居然跑到附近了。不過薛敬雖然年幼，讀聖賢書，不願輕易說女子是非，生怕不小心被旁人聽去，那樣對女娃的名聲不好。這才等兩人離開陶家後，才將此事告知自己姐姐。

薛婉疑惑地皺起眉頭。牡丹？牡丹來陶家幹麼？她與陶家的兩個姑娘又不熟……

尋思片刻，想起牡丹也許是來看李文松的，並不是為陶瑩和陶彩而來。

原來牡丹還沒對李文松死心嗎？可是李文松與陶瑩的親事都是板上釘釘的事了，她再不甘心、不願意，也沒用吧？

本著防患於未然的心思，薛婉側頭對薛敬叮囑道：「最近可以讓大黑多在咱家和陶家兩家的院外轉轉，大黑警醒得很。若咱聽到牠吠個不停，便出院子去多瞧幾眼。」

薛敬一聽薛婉的話，便知事情不對勁，於是慎重地點頭說知道了。

薛婉與薛敬回家後，在飯桌上，薛婉將此事與薛南和陳氏都說了。「娘，方才我與敬哥兒瞧見牡丹姐姐在陶家院子外徘徊呢。妳說，她是不是心裡還放不下文松哥？咱最近都得警醒些，平日對在咱家和陶家附近往來的人都注意著些。」

薛南心粗，沒覺得有什麼不妥，往嘴裡扒了幾口飯，只笑道：「難怪方才我聽大黑叫得凶呢！原來是碰見不相熟的人了。」

陳氏比他細心，聽聞此事，停下筷子，想了想，面露凝重，對兩個娃兒說：「婉兒說得對，這幾日咱都盯著點陶家。萬一有啥麻煩，也好及時幫一把。牡丹那丫頭對李文松的心思也有不少人知道。以前村裡春祭還有起魚塘時，男娃、女娃們都愛跑過去湊熱鬧，牡丹就總喜歡往文松那娃兒面前湊。之前大山娘給她家新添的娃兒辦滿月席時，我還見到牡丹她娘拉著文松娘套近乎，閒話說個不停。後來聽說文松與瑩丫頭訂親，牡丹在家哭了好幾天，門都沒出過一步。別到時她想不通，去為難瑩姐兒才好。」

陳氏挺怕年紀不大的女娃們為了心儀的男娃爭風吃醋的。若是氣不過打上門去，弄花了誰的臉，對彼此都不好。還會留個潑辣的名聲，有礙日後的議親。這事以前在青山村，也不是沒發生過，到後來兩家的女兒，都嫁得不太好。到了婆家，也因為以前為男方爭風吃醋的事，總被婆家的人拿捏挑刺。日子過得可堵心了。

聽了親媽的話，薛婉皺了兩下鼻子抱怨道：「要說這牡丹姐姐也真夠奇怪的。她喜歡文松哥，那該去文松哥家找他才對啊。跑來瑩兒姐姐家，這是想幹啥？關瑩兒姐姐啥事啊？」

因為家裡無外人，薛婉想到什麼便說什麼，沒想著要對爹娘也避嫌。

孰料陳氏還未出聲，薛南卻皺起眉頭「嘿」了一聲，斥她。「妳這丫頭家家的，往日大膽也罷，這話今後可再也不許說了。」

自從薛婉開始能幫薛南掙錢，還讓他得了木匠鋪子的長工活計後，薛南對她幾乎就跟供著小金佛。平日也捨不得多說她一句，但今日聽了薛婉的話，他覺得十分不妥。讓女娃去找男娃，薛南覺得這樣的話太不像樣了。

即使縱容女兒，薛南身為土生土長的封建男權社會的農家漢子，也是有認知底線的。閨女建議女追男，這就超出了薛南的認知底線。

陳氏更是抬手拍了薛婉一下，難得嚴肅的繃起臉，輕斥道：「這孩子，怎麼什麼妳都敢亂說！哪有女娃主動去找男娃的道理？若讓旁人聽了去，準會罵妳輕浮孟浪不可！」

薛婉訕訕地吐了下舌頭，看來這裡「原住民」的底線還是不能挑戰。原則性的問題，無論是薛南還是陳氏，都不會縱容她。於是她趕忙低頭認錯。「一時失言，爹娘莫怪。以後我再也不說了。我只是覺得這樣對瑩兒姐姐虧得慌，也不是她的錯呀！」

薛南一想，又覺得女兒說的有點道理，遂迷迷糊糊地應了一句。「好像也是。」

陳氏對腦子不清楚的當家狠狠瞪了一眼，又教育薛婉道：「傻閨女。瑩姐兒既然與李文松訂親了，那他倆就可看作是一起，算是一家人了。這種事啊，她是撇不清的，多少都會受些牽連。就如村裡也有不少稀罕瑩姐兒的男娃，定會在心裡悄悄記恨李文松是一樣的道理。」

被親媽如此一說，薛婉一拍腦袋，轉過彎來了。是啊，她怎麼就把李文松給忘了。不能光顧著陶瑩而忽略了李文松的情敵們啊。這兩人在村子的同齡人中本就出挑，他們倆在一起，總會對那些對他們有好感的人家帶來打擊的。這是再正常也不過了。

看來論生活經驗和男女方面的人情世故，果然還是親媽比較強啊。自己還得和她多學學才行。

薛敬聽完幾人的對話，眨了眨眼睛，表情有些微妙。似是有所感悟，卻又不願參與多言，只出聲提醒道：「爹、娘、姐姐，趕緊吃飯吧，菜都快涼了。」

薛婉倏地將目光轉到他臉上，發現他一派雲淡風輕，對於幾人方才熱議的事，反而表現得像個大人，只聽不說，顯得十分高深莫測。不由得心裡稀罕，問他道：「敬哥兒，你聽明白咱們在說啥不？」

「聽得明白啊！」薛敬淡然一笑，那種與他秀氣的小臉極不相符的悠然神態忽然出現。

「那你怎麼不說說話發表一下意見呢？」薛婉緊盯著他問。

薛敬放下碗筷，認真道：「一時之憂，這段時間警醒些。以後時日長了，待瑩兒姐姐與文松哥成了親，自然就好了。」

「嘿！你小樣兒的，還想得挺明白呀。」薛婉見他從容的神情和那孩童的臉形成強烈反差，有趣得很，於是一陣手癢，忍不住伸手捏了他的嫩臉一下。薛敬的臉瞬間就被她捏出一個淡淡的紅印子。

薛敬也不生氣，只是彎起漂亮的大眼睛，淺笑著抬手輕輕揉了揉臉蛋。

陳氏笑斥。「婉兒，別鬧妳弟弟。敬哥兒說得對呢。」

薛南見一家人和樂融融，也不禁咧嘴嘿嘿直笑。

夕陽漸沈，薛家的堂屋裡點起油燈，燈光融入霞光裡，伴著家人的喁喁絮語，顯得溫馨而寧靜。

吃過晚飯後，陳氏去了陶家。她將李氏單獨叫到院角，並將此事告訴了她，讓她家也多注意。李氏對此十分上心，拘著兩個女兒大半個月都沒讓她們出家門。

如此兩家人家警戒著過了兩、三個月。待到秋風送爽時，見的確無事，村子裡人們茶餘飯後的熱議話題，也從李文松與陶瑩的訂親之事變成了秋收農忙，陶家與薛家這才稍稍放下心來，一起樂呵呵的準備豐收事宜。

而薛婉的十五歲生辰，也隨著將大地吹拂成金黃色的習習秋風，悄然到來了。

九月十四日，薛家的一家四口都起了個大早。昨日薛南特意在鋪子裡告了假，說是要給自己閨女過生辰。

今年與老宅分家單過後，多虧女兒聰慧，幫家中掙了不少銀子，家中條件好了許多，用錢也更自由了。薛南與陳氏便商量著，在薛婉生辰當日，帶她去縣城裡扯布做兩身新衣裳，順道再給家裡每人都另外扯些布，添置一套冬衣。

一家人到了縣城以後，先送薛敬去了私塾，然後三人趕去布莊。

陳氏想起這是分家後的第一年，應該多備一些布料做衣衫。因此狠下心一口氣給薛婉買藕荷色、水綠色和丁香色的精棉，給薛敬買青白色和水色的精棉，給薛南買黛色粗棉，陳氏自己買的則是紫棠色的粗棉。

又另買了半疋白細棉給一家人做裡衣，和一些絲綿做冬衣夾層之用。

此外，還單獨買了一尺半的絹布和幾股彩色絲線，準備讓薛婉給她自己和薛敬做帕子用。

經過一番與店家的討價還價，總共用去約八百文錢。

若是換做以前沒分家的時候，兩個娃兒可穿不上這麼好的精棉。頂多只能穿到粗棉做的衣服，有一大半還是用薛春生、薛夏生和薛蓮的舊衣改成的。看著一堆嶄新的布料，陳氏在心中感嘆一聲分家真是分對了。

從布莊出來，正好相鄰的鋪子是一家胡商開的佐料和種子鋪。鋪子裡不單有尋常人家常用的鹽、糖，還有一些八角、小茴香、桂皮、香葉和胡椒等調料。

薛婉之前進縣城時，沒進過這種鋪子。此時恰巧遇見了，便拉著爹娘進去逛，她則揀著自己熟悉的幾樣佐料各買了一些，心想等秋收農忙完了，再找陶瑩做些好吃的東西出來一飽口福。即便不一定做出新的零嘴去賣，在自家做飯菜、熬湯時，能用些佐料調出美味也是好的。

三人買完佐料出來，已經將近正午了。今日他們出門早，路上顛簸再加上採買，到此時都覺得有些饑腸轆轆。於是在街邊找了個麵鋪子，匆匆吃了碗麵就趕回了青山村。

回到村裡，陳氏在村頭的屠戶家裡買了兩斤五花肉，說是婉兒生辰，今晚便沾她的光好好的給家人做道醃菜燉肉吃。

薛婉好奇她為何不在縣城裡買，陳氏便說：「縣城裡的五花肉要賣到十八文到二十文一斤，咱村子裡的才賣十五文一斤。當然是回村子裡買更省錢了。」

薛婉笑呵呵地誇她，說娘到底是賢慧的持家娘子，逗得陳氏捂嘴直笑。薛南在前頭趕車，聽著也嘿嘿笑個不停。

等幾人回家後，便如往常一般的各自忙碌。

薛婉自從認知到在這裡，衣服大部分都必須要家裡的女人自己來做以後，也認命的開始認真學習針線活。

陳氏做針線時，她就跟在一邊默默的看，然後找機會自己偷偷練。等陳氏忙起來沒空注意到她時，她就抽空去找隔壁的陶瑩學。

沒穿越以前，她頂多也就只到縫個扣子的水準。但經過這幾個月的努力，她現在已經可以很完美的在練習的碎布片上縫出細密均勻的針腳了。其實薛婉的手腳協調性不錯，只要肯用心學、花時間練，在動手能力上她很少會遇見解決不了的大問題。

有時候她來了興致，甚至還會在紙上畫出一些與眾不同的花樣子。利用獨特的角度和陰影，使筆下畫出的花和枝葉搭配在一起時，顯得唯妙唯肖。

陶瑩偶然見到後，喜歡得不得了，立刻拿去照著那些花樣繡手帕。趁陶叔趕集去縣城裡賣桂花糕的時候，也會一併擺在板車上賣。得來的錢兩人一起分，居然不比後來被仿製得快爛大街的桂花糕來得少。

這世上巧手巧心思的人多得是。但現在沒有智慧財產權，如果沒有核心的技術或是秘方在手，又沒有足夠的人脈或實力走量產薄利多銷的路子，那麼普通的物品往往只能靠強占先機，才能穩妥地賺到第一桶金。

而後隨著模仿品的出現，價格便也下來了。人們見慣後，亦不會再如對待初問世那樣追捧著要買，錢自然也就不如一開始那樣好賺了。

薛婉深諳此理，因此她也沒指望靠自己的一些小聰明，就能在一夜之間發家暴富，那種白日夢她從來不會去作。

以她看來，日子還是要踏踏實實的一點一點過，正如財富也要低調的、兢兢業業的一分一毫地累積才穩妥。一夜暴富即使能成真，只憑他們一戶普通的農家，根本沒實力、也沒勢力去守住那份財富的。

當薛婉拿著尺規開始丈量新買回布疋的尺寸時，薛南正躡手躡腳地扛著一個小木箱，伸頭探腦的在自家院子裡轉了一圈。見無人從竹籬牆外經過，才嘮嘮叨叨地進了她的屋子。

「閨女，閨女咱先別折騰妳那個布了。」薛南剛放下門簾，又再掀開，神秘兮兮地探頭看了眼屋外，再次確認無外人來自家串門，這才對著薛婉使勁招手，壓低嗓門道：「來來，過來，看看爹給妳帶回啥好東西來了。肯定是妳這輩子第一次見！等會兒瞧見了，千萬捏著嗓子別尖叫啊！」

第二十二章

薛婉見老爹一把年紀，還這般鬼鬼祟祟的，很是逗趣。於是配合地走過去，壓低聲音問：「幹麼呀？爹。你別又想背著娘幹啥壞事吧？」又瞬間提高嗓門。「我可不會幫你的！記住哦，你若是再賭博，我娘一定會去爺爺那裡告狀，讓你簽和離書的！」

「不不不，不能的，不能的！」薛南驚了一下，連忙搖手，慌張地回頭看了眼，確定陳氏沒進屋，這才賠小心道：「再也不賭了。妳爹我現在可沒空搞那東西。之前若不是賭坊那幾個壞蛋串通好了，讓我前頭幾次一直贏錢嘗到甜頭，我後面也不會豬油蒙了心陷進去。眼下時日長了，也沒人來攛掇我，不碰那東西，心裡頭便不太想了。還是跟著閨女做木工好啊，銀子來得穩又快。嘿嘿嘿～～」

薛南這人平日有一點點小聰明，和他說個什麼新點子，他並不排斥，是挺樂意接受新事物的人，算是容易溝通的。但他也容易犯糊塗，耳根子軟，別人說什麼，只要說得似模似樣一點，他就會被糊弄過去了。

偶爾，還會憑著小聰明偷奸耍滑。但整體來說，他心並不壞，只要家裡人一直緊盯著他，時不時的提醒他走正道，他還算個好男人，也算是個好爹。知道疼媳婦，也知道疼孩子。

薛婉忽然想起沒穿越以前的雙親，心中泛起傷感和懷念。當年她父母還在世時，她媽媽就時常會嘮叨她爸，說男人都是長不大的孩子，得要人一直盯著、管著，他們才不容易走歪路，才知道顧家。

「婉兒？妳怎麼了？怎麼忽然發呆了？」薛南見薛婉不應聲，也不動，眼睛還有些紅，於是貓著腰，伸出粗糙大手在她眼前晃了晃。

薛婉收回情緒，好氣又好笑地瞪了他一眼。「爹，你別搞神秘了。到底啥事啊？」瞥了眼薛南胳膊下面挾著的長條形木盒，知道他肯定是有東西要給自己。

「當然是給我閨女的及笄禮了。妳滿十五歲了，是大閨女了！」薛南聳聳肩，笑嘻嘻地將那木盒擺到薛婉的榻上，小心地打開蓋子，側身讓薛婉能看清裡面裝的東西。

薛婉彎腰探前一看，不由面露驚訝。

盒子的左側，擺放著幾樣頗為精緻的小瓷瓶和小瓷罐。瓶罐外觀極為渾圓精巧。乳白色的釉彩上，細細描摹著幾枝盛放的紅梅，枝椏舒展，花瓣嬌豔，栩栩如生。

薛婉謹慎地捧起其中一支白瓷罐放在手心，湊到眼前細看，見上面用墨色印著「玉容膏」三個字。而另外幾樣更為小巧一些的，則分別裝的是眉黛、唇脂和胭脂膏。還有一只細長型的紅梅白瓷小瓶中，裝了桂花頭油。打開瓶口的小塞子，就能聞到一股淡雅的桂花香氣。

薛婉越看越驚，瞪圓了一對鳳眼，視線不停的在薛南黝黑的臉，和這些美妝、保養品之間切換。

這……這簡直就是從護膚到美妝全套組啊！親爹這大老粗怎麼會想到送自己這些？而且看包裝和質地，分明都是高檔貨，價格必然不菲，她老爹居然藏了私房錢嗎？還把私房錢都砸在這些好東西上？

不……根據親爹的個性，這不太可能。以他的浪漫細胞數量來說，他能送朵絹花啊、衣裳啊之類就是極限了。絕對想不到要送這些雅致又貴重的女娃用品給自己當生辰禮。

「爹，你偷偷藏私房錢了？」薛婉瞇起眼睛，直直盯著薛南的臉看。

「怎麼可能？」薛南一臉「妳可別冤枉爹」的表情。

「那你哪來那麼多錢買這些給我？這些應該很貴重吧？」

「呃……」薛南被問得頭上冒出一層細汗，支吾兩聲，想岔開話題，便指著木盒的另一側說：「婉兒來看看，這套衣裳合不合妳心意？」

薛婉順著他手指的方向看過去，這回沒那麼驚訝了。

那是一套非常適合年輕女子穿著的襦裙，粉白色上襦，水紅色的長裙，還搭了一件海棠紅色的半臂。

上襦乃絹料所製，長裙則內用素綾，外又縫了一層紗，想必穿在身上行動起來會顯得很飄逸。而需穿在最外頭的半臂，用的竟是緞布料，且附的腰帶也是海棠紅色的緞布所縫製。

這四樣均是純色，只在領口袖口繡了一圈桃紅色的垂絲海棠圖案，配在一起，顯得既溫婉又大方得體，很適合在一些正式場合穿著。

送女娃衣裳，這是常見的生辰禮。但這等式樣和面料的衣裳，肯定不是她爹買的。

薛婉想了想，覺得衣裳像是喬老的手筆。這套衣裳算下來，得至少要花費四、五兩銀子。論喬老的身分地位，作為長輩，在小輩及笄時送此等價位的生辰禮，倒也不顯得突兀。

於是，她指著衣裳問薛南。「爹，這是喬老送我的吧？」

薛南坦然點頭。「啊，對。及笄是女娃的大日子，喬老說妳也算他半個徒孫，又與妳投緣，故而應該在妳生辰時，有所表示。」

薛婉點點頭，覺得喬老說得挺對。就是衣裳太貴了，以後她得多努力為喬老幹活，來報償他的抬舉和疼惜之情。

心中打定主意，薛婉眼神立刻變得犀利，一句話又將薛南想蒙混過去的事給轉了回來。「那麼這套妝品，肯定就不是喬老送的了。」

「這……」薛南面露難色，搓著大手，似乎不太想說。

「娘，爹他又背著咱們賭……」薛婉不想和他多費口舌糾纏，乾脆扭頭揚聲朝著門外喊。

薛南嚇得趕緊一把捂住她的嘴。「噓噓！爹沒有，妳別瞎說！」

薛婉拉開他的大粗手，吊起眉毛逼問道：「那你趕緊說，這些妝品究竟是誰送的?!」

「妳、妳說妳一個小姑娘家家的，怎麼如此凶！」薛南抱怨一句。

見實在蒙不過自己的閨女，於是把心一橫，他豁出去了。「是、是陸公子送的！」頓了片刻，又緊張地叮囑道：「妳自己知道就行，千萬別對他人說，這對妳名聲不太好。我是悄悄拿進來給妳的，連妳娘都不知道，只和妳娘說，喬老送了妳一身衣裳做賀禮。」

薛婉面對腦迴路有些奇怪的親爹，很有些無語。「那這不算私相授受嗎？」

對我名聲不好，你這蠢爹還敢收？

「怎麼能算私相授受呢？陸公子若背著人單獨送妳這些，那才叫私相授受。他是送給我，請我轉送予妳。我是妳爹，這就是擺著明處託長輩之手送的。算不得私相授受，算不得！」薛南說得信誓旦旦，末了還很篤定的點點頭。

「若送個小東西還好，送這麼貴重的禮品，這不合適。」薛婉沈思半晌，說：「爹，你改日退回去給他吧？就說心意咱們領了，東西太貴重，我不敢收。」

這套東西肯定不比喬老送的那套衣衫便宜。但喬老與他們父女二人而言，論關係則更為親近，師徒堪比父子，喬老送這等價位的衣衫的確沒什麼不合適的。可是陸桓則不同，若論起關係，只是薛南的少東家，連朋友都算不上，更不能算作薛南相熟的晚輩，他送這麼貴重的禮物給薛婉，就不太合適了。

薛南一連的搖頭，一邊搖頭，一邊回憶那日陸桓將他單獨叫進帳房時，說的那番極為隱秘卻慎重的話，於是堅決不同意女兒的意見。「那不行，東西收都收了。若給退回去，多拂少東家的面子？說什麼也不能退。這事爹做主收下，妳就別過問了。都聽爹的！」

薛南極少有態度極為堅決的時候，薛婉瞧他那急得眼睛都紅了的樣子，猜他一定有什麼瞞著家裡人的難言隱情。於是猶豫片刻，擰不過薛南，只能無奈又艱難的同意了。

不過她也決定以後多留個心眼，多觀察一下爹到底在搞什麼鬼。是不是趁她不在的時候，爹與陸桓私下裡簽訂了什麼不平等條約。這才對陸桓送禮一事，如此坦然又堅決的接受。

只是而後想想，又覺得事情不太對勁。她想起沒穿越之前，工廠裡那個一直追她的男生，在她生日時送了她一套高級化妝品。再聯想此刻，薛婉頓時感覺有種被陸桓討好的錯覺。

想著想著，她臉上便止不住的一陣發熱，竟是悄悄紅了。

那俊雅的富家公子，該不會是透過這種方式在追求自己吧？怎麼想都感覺不太現實……自己只不過是一個鄉村的小土妞，何德何能讓那樣要家世有家世、要顏值有顏值的富二代惦記啊？

想著想著，她又冷靜下來，轉念思考，恐怕是她改進的那些農具為「公司」賺了不少，趁著生日嘉獎、攏絡員工吧！畢竟她弄出新農具的事傳得到處都是，這時沒有智慧財產權，也不是沒有其他鋪子想拉攏她爹呢。

身為魂穿而來的女生，薛婉起初對及笄和未及笄不太有概念。在她看來，不就是過個生日，自己又長大一歲的事嗎？這要是換成在現代，頂多也就是從國二升到國三吧？和同學們關係更熟，課業更難，作業更多，還得準備考試。

但在這綠野炊煙的農家，她又不需要下田幹農活，日子過得慢悠悠，她便覺得一切都無甚變化。

漸漸的，她的認知終於被家中不時串門的大嬸、大娘們給更新了。

起先，是某次她去田地裡閒逛，看那些農人們頂著大太陽，戴著草帽忙活收割麥子和包穀。

她家播種比較晚，還得等兩日才忙秋收。田地裡到處都是金黃黃的一片，薛婉在那裡逗留了很久，欣賞黃澄澄的麥子和長勢已十分飽滿的包穀，細細體會農人豐收的快樂。轉了好大一圈，才往家走去。

走到家附近的那片人跡罕至的小竹林邊上時，忽然從一邊竄出一個膚色黝黑的半大壯小子。

靜悄悄的竹林裡，原本只有風颳過的輕微嗚嗚聲。冷不防的竄出一人，薛婉被嚇了一跳，本能的就想張嘴驚叫。雖說她沒深入竹林，只在邊緣行走，能一眼就看見村道。可是原本無人的眼前，突然就這麼蹦出一個大活人，還是挺嚇人的。

結果那半大小子頂著張大紅臉，侷促地望著薛婉，手腳都不知道往哪兒擺，一副有話想說又不敢說的樣子。

一見他這般，薛婉反而淡定了，也不喊叫，想起這男娃是誰家的，柔聲問他。「徐青哥，你找我有啥事呢？」

半大小子吭哧了半天，抖著嘴，過了好半晌，才往薛婉面前慌慌張張地拋了個東西。「給、給妳。」一拋完沒敢看薛婉，他扭頭轉身風一般的跑遠了。

薛婉懵了片刻，低頭看清掉在自己面前的是一支黃梨木刻成的木簪子，靜靜地躺在鋪滿青黃交疊的竹葉上，於是將它小心的拾起。

這害羞的農家男娃，難道是看上自己了？

正拿著簪子發愣，卻聽身後有個清朗的年輕男聲響起。「婉兒，怎麼站這裡不動啊？」

今天我是不是大走桃花運了……這可怎麼辦？

薛婉頭上滑下一滴汗，為難地回頭一瞧，才發現是自己臭美了。忙出聲回道：「春生哥，是你啊？你一個人去田裡幹活？大伯呢？」

這幾日是縣裡私塾都沐休，放農忙假的日子，薛春生、薛夏生和薛敬幾人都沒去學裡。

「啊，我爹這兩日染了點風寒，我讓他在家歇著呢。」薛春生從後面走過來，肩上扛著鋤頭，顯然也是剛從田裡回來。

薛婉的家在村尾，薛春生要回去，就得經過她家。於是走在薛婉身邊，說：「走吧。日頭挺毒的，這裡又偏，我正好順路回家，先送妳回家去。」

「好呀！」薛婉笑著走到他身邊。

在原身的記憶裡，比自己大三歲的薛春生是個挺不錯的堂兄。以前和他們在老宅住著時，他去縣裡上學，若是買回了一些新式的糖果和糕點，都會拿給幾個小的分著吃。給他親弟薛夏生和親妹桃兒的，和給自己與薛敬的，也都是同樣的分量，很少會偏向哪個。

薛婉還見奶奶私下裡念叨過他幾次，說他不懂偏著自己親弟妹，他也不生氣，只笑呵呵地回說：「夫子說了，小家是家，大家亦是家。都是我的弟弟、妹妹，就該公平對待。如此等他們長大了，不論是不是我親的，念起我的好，今後對我的子孫亦會同禮待之。」

薛婉打從心底裡，還是挺喜歡這位堂兄的，覺得他很符合她心中「長兄」的模樣。

也許是他念過書，接觸過外面的世界，年紀長，理解力也強些，論眼界論心胸，他都比薛夏生要強不少。也可能是他總跟著厚道的大伯，而不像他的弟妹總跟著奶奶和張氏被嬌慣著，所以人品也隨了大伯的厚道。

之前鬧分家時，奶奶用筷子砸陳氏，薛春生還幫忙攔了一下。

回憶起這些，又見到他與自己極為相似的鳳眼，薛婉便對他生出幾分親近感，對他笑著道謝。「謝謝春生哥送我回家。」

薛春生笑她與自己生分。「這有啥可謝的？雖然不住一起了，但妳終究是我妹子啊。」又叮囑道：「妳也及笄了。今後少往那竹林裡走，那裡雖然算是近路，可竹子太茂密，蚊蟲也多，平日鮮少有人往那裡去的。妳是女娃，總得自己多警醒些。」

薛婉知道他是為自己好，便笑說知道了。

到了自家院門前，薛婉讓他進去歇會兒喝口水，薛春生說還得趕回去劈柴，就不坐了。

想到老宅那邊除了大伯薛東，第二個壯勞力就是他了。如今薛東身體不適，重活便都落在薛春生身上，薛婉便沒再留他。

第二十三章

才進家門，從堂屋迎面走出來一個年約四、五十歲的大娘，陳氏跟在她後面相送。

薛婉愣了一瞬，想起她是誰，便對她笑著打招呼。「大山奶奶好。」

「好，好。」大山奶奶笑得眼睛兩邊冒出不少褶子，望著她道：「婉姐兒回家來了。可惜，奶奶不能多留，得回去帶小孫子啦！」

薛婉站在院門口，側身與陳氏一起送她。「那奶奶慢走。」

送走大山奶奶，薛婉到灶頭上，從大陶罐中倒了碗涼水喝。「日頭太大了，好熱啊！轉一圈我身上都出汗了。」

她看了一眼西屋，沒見薛敬，又問陳氏。「弟弟呢？」

「他在屋裡坐著看書練字兩個多時辰了，我怕他眼睛累著，方才將他趕出去玩了。」

薛婉點頭，又喝了幾口清涼涼的水，感覺喉嚨舒服多了。扭頭見陳氏正笑咪咪地望著自己，想起剛才家裡的客人，又問：「娘，大山奶奶來咱家幹麼啊？」

陳氏坐在桌旁，拿著木撐子，給薛敬繡帕子。「還能來幹麼。來給妳說親唄。」

「啊？」天吶我才十五歲啊！薛婉壓下心中的驚叫，佯裝鎮定道：「說的是哪家的小子？」

「是村頭徐柱家的三小子。」陳氏隨意的說。

薛婉見她那樣，想必是心裡不滿意這門親，已經幫她推了。

「是不是叫徐青的？」薛婉想起剛才竹林裡那一齣，這才明白那小子為啥忽然給自己送木簪子。

「是啊。妳怎麼曉得？」陳氏停下針線，好奇問道：「莫不是方才家來的路上，誰和妳說了什麼？」

薛婉便將剛才的事大概說了一下，又將那木簪子交給陳氏，讓她找機會還給徐家。

陳氏噗哧一笑。「這小子，冒冒失失的。不過想來也是對妳上心了，不然不會突然如此。」

薛婉喝完水，放下水碗。「這話怎麼說？」

「妳之前不是和瑩姐兒弄那桂花糕放到小貨棧去賣嗎？又和妳爹弄出新犁、新褸這些。小貨棧的柱子媳婦就是徐青的娘。肯定是她在家時，和她當家的還有徐青說過妳什麼。多半是誇妳年紀小腦子活泛，知道想法子掙錢，又能看書識字之類的吧。所以那男娃就對妳有了好印象。剛才大山奶奶來，也是受了他家之託，過來探口風的。說若是咱家能應，他們再請媒婆過來正式提親。」

薛婉雙手捧臉，笑咪咪地支著下巴。「那娘為何不應？徐青家在咱們村，也算殷實人家吧？家裡有二十多畝田地，他娘還在村裡開著小貨棧。」

陳氏笑她精怪，自己什麼都還沒說，女兒便已知她推了這門親。一邊將針腳收緊，一邊說：「他家兄弟姐妹多，又沒分家。妳若嫁過去，娘擔心妳受妯娌和小姑子的夾心氣。娘啊，還是想給妳找戶家裡頭孩子少些的人家，或者分家單過的，也行。」

「嗯，娘說得有理。」薛婉收起笑意，這方面她以前還真沒怎麼想過。眼前居然有說親的上門了，她才迫不得已正視起自己在這裡的未來。畢竟在這裡，要是女娃超過二十歲仍然不嫁，家裡人是要愁死的。

「婉兒呢，妳喜歡什麼樣的人家？我見妳成天對這些也不上心，只好幫妳多想著些。但現今已有人上門提親了，妳呀，該好好想想，告訴爹娘。如此我們以後幫妳挑人家，也好順著妳心意挑啊。」說著，陳氏再次停了針線，臉色也沒了方才的輕鬆。想起女兒在這方面的不著調，心裡不自覺的開始著急了。

「我啊……」薛婉順著親媽的話認真思考，心裡卻浮上一個玉樹臨風的影子。如果是陸桓……那還是比較符合她心中理想的。但是像他這樣身家人品都那麼優秀的富二代，家裡不缺錢，以後為了多添子孫，長輩肯定要給他娶小妾的。

而且陸桓這種公子哥，若是放到現代，那也是用來遠遠觀賞的，就是個偶像。看看還行，真要想和他一起談婚論嫁，根本不現實。兩人都不是同個階層的人，即使在現代，想在一起都難，更何況在這更講究門當戶對的異時空古代了。

再說，若陸桓今後納妾，讓她和別的女人共享一個丈夫，薛婉堅決不能忍。她的底線就是，她未來的夫君只能有他一個，小妾、通房什麼的都不許有。

此時，遠處傳來幾聲斷斷續續的狗吠，聽著有點耳熟。

薛婉飄遠的神思被那陣模糊不清的犬吠聲拉回，想起親媽的問題，於是幽幽地嘆了口氣。「我能喜歡什麼樣的啊？農家小村姑，當然還是配個農家小子了。找個長得端正的、個子高的、聰明的男娃。至於家裡條件，就讓娘幫我把關吧，我信得過娘。」

陳氏聞言，反而不像方才那樣擔心了。愁容散去，笑著點她的腦袋。「我原以為妳心中對這些事沒想法。不料妳想得還挺多，明白自己喜歡什麼樣的男娃。這便好辦多了。」

想到不久就得嫁人，薛婉就犯愁，於是對陳氏撒嬌，想要儘量拖延時間。「不過，娘啊。這兩年妳能不能別急著幫我應下哪門親啊？我年齡這麼小，若嫁得早、生娃早，聽說骨頭還沒長好，容易出危險啊。」

冷不防聽到一個未出閣的女娃說到生娃，陳氏手中的木撐子都嚇掉了。用力拍了一下薛婉的胳膊。「這丫頭！我原以為妳及笄能懂點事，怎麼說話仍是這麼心裡沒數。哪個沒訂親的女娃就敢把生娃掛在嘴上。這話以後妳可少說吧！」

思想價值觀與「原住民」不在一條線上，薛婉也時常感覺為難。

這回被陳氏拍得地方還真有點疼，卻也知道這方面不能和親媽較真，於是乖乖應了。「唉！失言、失言。娘莫生氣，以後我不說了啊。」

陳氏方才下手重，見女兒皺著眉頭揉著胳膊，一時又有些後悔心疼，忙拉過她的手，輕輕幫她一起揉。「娘知道了。娘也捨不得妳早嫁，別家的娃兒我不管。反正娘和爹都是一個意思，訂親可以早一點，但得將妳多留在我身邊兩年，再出嫁。」

說著，陳氏想到女兒遲早要離開自己，眼睛不禁紅了。

感受到真摯的溫情，薛婉心裡暖暖的。剛想開口安慰親媽，院門外驟然傳來陶彩驚慌失措的叫聲。「陳嬸、婉兒姐，在不在啊？」
「哎！在在。彩兒怎麼啦？」陳氏揚聲問道，人已站起。
薛婉聽出陶彩的聲音很不對勁，見她難得失態，提著裙子往自己家裡使勁衝的模樣，也連忙跑著迎過去。「彩兒妹妹怎麼了？」
陶彩見到薛婉和陳氏，似乎鬆了口氣，眼淚嘩得一下流下來，撲到薛婉身前哭著道：「我姐姐……我姐姐出事了。妳們，妳們快去我家看看吧！」
薛婉腦中靈光一現，忽然想起自己方才聽見的那幾聲遙遠模糊的犬吠聲，像是大黑的叫聲。這才反應過來，覺得那叫聲不同於以往。如今想來，很可能是遇上什麼事了。
大黑是跟著敬哥兒出門的，到現今還未回來。陶瑩有事，大黑狂吠，這讓薛婉不由得聯想到出門久久未歸的弟弟。
敬哥兒呢？敬哥兒怎麼也不見歸家來?!
陳氏和薛婉跟著陶彩，一路急匆匆地趕去陶家。
快到陶家的院子時，陶彩忽然想起敬哥兒。便告訴陳氏母女二人，敬哥兒去田裡喊陶三福了，不一會兒就能回來。母女二人這才終於放下心來。

陶家的西屋，此時暗濛濛的。窗簾與門簾子都被放下來，將所有光線都擋在屋外。陶瑩正趴在床上無聲地哭，肩膀一聳一聳的，頭髮有些亂，眼淚將枕頭打了個透濕。

陳氏進屋，一見此等光景，就知出大事了。頓時心裡一緊，艱難地嚥了下口水，才慢慢走到陶瑩身邊，攬她的肩，顫聲問：「瑩姐兒啊。乖，莫哭了。出啥事了？快跟孀子說說。」

薛婉在一旁靜靜跟著陳氏，見陶瑩幾乎哭成個淚人，她下意識地屏住呼吸，一聲都不敢吭。

陶瑩起身，撲到陳氏懷裡，哇一聲哭得更淒厲了。也許是身邊終於有了大人，讓她安下心來，這才敢放聲痛哭。哭了一會兒，在陳氏與薛婉的安撫下，情緒稍微穩定一些。見二人不停地安慰自己，內心又覺得她們倆很是親近，不算外人，這才一抽一抽地將事情告訴她們。

原來，今日陶家只有陶瑩和陶彩兩姐妹在。陶三福這幾日都在地裡幫著別家忙活收割莊稼，白日幾乎不回來，連飯都是在田裡吃的。

而李氏因今日她娘家的表姑嫁女，一大早就趕回娘家去了。因為關係還隔著兩層，陶三福幫工的那家又不管午飯，家中不能沒人給陶三福做飯、送飯，李氏便將兩個女兒留下照看家裡。

陶彩前日讓蜂子給螫了，臉上起了個包，她嫌醜，不肯出門。所以晌午送飯這事兒就只能交給陶瑩來做了。

雖然說她已訂親，平日不太出門，但只要遇見農忙，這些鄉里間不成文的、而又不是頂重要的規矩都是要靠邊站的。

秋收是農家人頂天的大事，每家每戶的大姑娘、小媳婦們在此期間，去田間給自家的爹和兄弟送飯，是再天經地義不過。這段非常時期，避嫌不避嫌的，莊戶人家們也不太講究。

陶瑩自然也不例外。

陶家也就兩畝地，陶三福早就收完了。村裡人也知道他家地少，故而有些地多壯丁少的人家，就總在農忙時，找陶三福去幫忙。當然，這種幫忙類似請短工，都是要給錢的。

近兩日他做事的那家田地在村中與村尾大青山相接的地方，離家有些距離，故而為了節省時間，陶三福晌午就直接在田地裡用飯，用完後靠在田沿的樹蔭下稍作休息。

陶瑩到了晌午，便會戴著草帽，拎著飯給他送過去。等他吃完其間，還給他打扇子驅趕近身的蚊蟲，直到陪他小憩完，見他和其他農家漢子再次起身忙碌，陶瑩才回家去。

彩兒還小，最近又逢秋收，家家戶戶都忙翻天，還有不少往來村裡的收糧商販閒雜人等出入。陶瑩出來得耗費近一個時辰，因為擔心年幼的妹妹今日一人留在家中，她為了能快些趕回家，便不選村道大路，而是抄近路，從野竹林那邊穿行過去，那樣距離自家最近。

那片野竹林約有一畝半的大小，長得十分茂密。林子裡的泥地上鋪滿了青青黃黃的落葉。每到颳風下雨天，成百上千的青竹便會發出駭人的嗚咽聲。

村裡人只會在春日時進出竹林去挖筍子，過了筍子生長的時期，便鮮少再會有人往裡去。

尤其是仲春、暮春與夏季，天氣漸熱之後，蚊蟲鼠蟻甚多，偶爾還會有蛇出沒。如此，往竹林裡走的人就更少了。

平素陶瑩一個人是不敢往那竹林裡走的，但今日情況特殊，她也算膽大的，心想反正眼下是白日，她若跑著穿過去，應該也不會遇見太多的蟲子、老鼠之類。

於是深吸一口氣，提起裙子就跑了進去。

不料當她跑進竹林深處時，忽聽身後有人喊她。

「陶瑩！」

她下意識地停下腳步，以為是村子裡哪個熟人喚她，回道：「誰呀？」轉身回過頭去，卻見一個眼生的高個少年從不遠處朝自己跑來。起初，陶瑩沒想太多，畢竟能認得她的，多半都是村裡的人。

那少年氣喘吁吁地跑到近前，雙手支在膝上略微緩了緩，才笑道：「沒想到妳跑得這麼快，我差點就追不上妳了。」

聽見「追不上」三個字，陶瑩心裡倏然升起一絲警覺，心想這小夥子該不會是跟了自己一段時間，特意等著周圍無人時才出聲喊她的吧？不然為何如此說？遂不自覺地後退幾步，蹙起眉頭問：「你是哪家的男娃，找我有何事？」

少年緩夠了，挺直身子，笑著朝她走近了幾步。「妳不記得我了呀？也難怪，都那麼些年頭過去了。」

陶瑩見他靠近自己，但自己的確對他沒什麼印象，不由得緊張起來，一雙水眸緊緊盯著他，這才看清來人的模樣。

眼前的方臉少年約莫十六、七歲的年紀，個頭兒比李文松要矮寸餘，穿著一身常見的灰褐色短褐，看那黝黑膚色，也像是個農家的小子。但眉眼生疏，不像是村裡熟人家的男娃，倒像是外村來的。

「你叫我到底什麼事呀？若是沒啥事，我就回家去了。」說著，陶瑩扭身就想離開。竹林裡太過靜謐，只有偶爾穿林而過的嗚嗚風聲。除了眼前陌生的男娃和自己，別無他人，這讓陶瑩本能的覺得危險。

那少年見她粉面羞惱，桃花美眸裡彷彿泛著盈盈波光，隆起的曼妙胸脯因方才的跑動正微微起伏著。

他不由自主的心神一蕩，再見她想跑，於是腦子一熱，顧不得其他，猛地緊跨兩大步，一把拉住她的手腕死死捏在手裡，臉露急色，忙道：「妳、妳別走！妳不能走！我聽說妳家給妳議親呢，妳嫁給我好不好？我讓我娘馬上就來妳家提親！」

第二十四章

少年沒說兩句話就忽然靠近來拉她手腕，這下子可把陶瑩給驚得不輕，登時驚叫起來。

「你胡說什麼？我早就訂親了！你快放手！我喊人了！快放手呀！來人呀！快來人！」一邊喊，一邊嚇得語帶哭音。

尋常村裡的壞小子，見到她單獨出門時，也頂多是吹兩聲口哨，盯著她多看幾眼說兩句混蛋話。但在青山村裡，沒哪個人敢真的動手拉扯一個別家的姑娘，畢竟村前村後住的都是熟人。若讓女娃家裡人知道了，準得打上門去鬧個不休。

誰能想到，這陌生男娃瞧模樣像正經人家的孩子，行止卻比村裡的壞小子還要孟浪放肆。

可少年顯然也不是個真流氓，見陶瑩嚇得面色慘白，雙眸含淚，又聽她驚聲尖叫，也被嚇得慌了。連忙抬起一隻手捂住她的嘴，另一手緊緊環住她的細腰，將她攬進懷裡，控制住她的兩隻手，慌裡慌張地安撫她說：「妳、妳別叫。當心來人。我、我不會對妳怎樣的。」

過了一會兒又想起什麼，語氣裡除了焦急，還有憤怒。「不，妳怎麼會已經訂親了呢？我分明聽到的是妳只在議親，還沒訂親啊?!妳一定是在騙我！」

陶瑩被他扣住腰身捂住嘴，動彈不得，嚇得手腳發軟幾乎脫力，根本聽不清他在說什麼。

軟玉溫香在懷，又是自己喜歡的女孩，少年感覺到有柔軟緊緊貼住自己胸口，腦子立時懵然一片，扣在陶瑩腰間的手便情不自禁的不安分起來，嘴裡更是不清不楚的喃喃道：「陶瑩，我自小就喜歡妳，妳把親退了吧。如今我碰了妳、抱了妳，妳必須得嫁給我。我會對妳很好很好的，賺許多的銀子養妳。妳別掙扎……」

陶瑩被他又拉又抱的，心裡羞怒交加，但又一時掙脫不開那少年的大力箝制，急得一對桃花眼裡直淌眼淚。

「呀！」恰在此時，隔著緊緊糾纏的兩人半丈開外，響起一聲女娃的驚呼聲。

少年被這突然冒出的聲音驚了一跳，手便不自覺的鬆開了。看向那小女娃，見她愣愣地盯著他們兩人，分明將方才兩人的動作給看得一清二楚。不由得心中一陣緊張，眼中泛起血絲，臉脹得通紅，模樣很是嚇人。

陶瑩乘機用盡全身力氣，狠狠將他推開。少年不防她猛然一推，一屁股跌坐在地上。

再看向剛才那有人出聲的方向，那少年和陶瑩都只見一個身量約莫十歲左右的女娃飛快地跑走了。

陶瑩不敢再耽擱，提著裙子撒腿狂奔起來，想要趕緊遠離身後那個非禮自己的壞小子。

少年不甘心就這麼讓陶瑩離開，他還有許多心裡話要對她說。如果錯過此時獨處的機會，想必今後再也不會有這樣的機會接近她了，於是迅速起身邁開步子去追。

陶瑩一邊跑一邊回頭看，生怕那惡魔般的少年追過來。結果一回頭，瞥見他居然真的追來了，而且越跑越近。

陶瑩幾乎嚇得魂飛魄散，腳下不敢有任何遲疑。再轉回頭望見眼前一根根彷彿沒有盡頭的高大青竹，一股絕望的念頭瞬間湧入心裡。

但僅剩的一點理智還在提醒她，一定要呼救，哪怕沒人來，也要呼救，遂一邊奮力奔跑，一邊哭著喊道：「救命啊！有沒有人啊！快來人啊！」

少年在身後緊追不捨，生怕有村人被她喊來，心裡也慌得厲害，邊跑邊喘道：「妳別、別喊！我不再碰妳了，求妳別喊，我還有話沒對妳說完……」

只差幾步，只差幾步就能追上了。少年看著近在咫尺的姑娘，腿腳邁得更急，眼見還差尺餘的距離就能抓住她的胳膊了。

未料此時，從斜角處「咻」的一聲飛來一枚石珠子，直直打在少年的手上。

少年手背驟然一陣劇痛，收回來時，已是流出鮮血。他被這橫生的變故驚得停下腳步，不敢再往前追了。

陶瑩恰好回過頭去張望，見那少年抱著手停在原地沒再追來，心裡始終憋著的一口氣倏然一鬆，腳下一軟，撲跌在地。

少年見陶瑩摔倒，想走過去扶她，卻忽然見到一個矮小男娃從東邊幾株挨在一起的青竹後竄出來。

「敬哥兒。」陶瑩看見熟悉的人，登時心頭一鬆，顫聲喚道。語氣中帶著連她自己都未曾察覺的慶幸和安心。

少年見陶瑩認得他，便仔細打量起那個小男娃來。瞧他約莫八、九歲模樣，但個子很矮，還不及自己胸口高。相貌倒是頗為俊秀。兩手拿著一副奇怪的彈弓對著自己，巴掌大的小臉繃得緊緊的，一雙瞇起的鳳眸裡閃著不似孩童的陰鬱光芒。

「不許再靠近。」小男娃一邊說，一邊謹慎地走到陶瑩身旁，雙手仍是舉著彈弓，滿臉防備地緊盯著少年。「站在原地別動。不然對你不客氣。」

少年一看是這麼個豆丁小娃，心頭覺得有些想笑，剛想再走過去，但手上的疼痛和汩汩往外冒的鮮血又讓他一時之間有所忌憚，遂皺著眉頭問：「你是哪家的娃兒。我不是壞人，我是瑩姐兒的……」

許是有熟人在自己身邊，陶瑩驚嚇的情緒稍稍過去一些，立刻反駁道：「我根本就不認識你！你不是我們村裡的人！」

少年動了動腳，似乎想走過去。一顆石珠子立刻彈打在他腳前的地面上，彈弓的彈力加上石珠子的速度，在他面前的泥地上立即砸出一個小坑來。

「再往前一步，石珠子可就不是砸在地上了。」薛敬沈聲警告道。

少年皺眉望著那個深入泥裡的石珠子，一時不敢再往前走了。他沒想到這小男娃的彈弓能玩得這麼好，簡直是說到哪兒就能射到哪兒。驚訝之餘，手上的劇痛感和仍在往外冒著的鮮血都在提醒他，那小豆丁手上的彈弓可是厲害極了。

薛敬迅速換上第三顆石珠子，緊緊盯著面前的少年，絲毫不見鬆懈。

兩方都暫時靜止沒動，情況一時陷入僵局。竹林裡傳來一些微微的響動，薛敬敏銳的察覺到了，耳朵微微動了動，登時揚聲喚道：「大黑快來！有壞人要欺負瑩兒姐姐！」

只聽一陣「汪汪汪」的犬吠即刻從後邊傳來，原來是跑到遠處撒歡的大黑回來了。

感覺到小主人與對面陌生少年劍拔弩張的氣氛，大黑像是一陣旋風從遠處一邊吠叫一邊奔撲過來，由於爪子邁得快又狠，牠身後被刨帶起不少落葉，看起來氣勢十足。

少年一見那狗通體黝黑，身子比普通土狗要稍大一些，齜牙咧嘴對著自己的瘋狂凶樣，感覺牠下一刻就要撕咬上來了，於是再也顧不上逗留解釋，轉身狂奔跑走了。

陶瑩見非禮自己的人終於離開，頓時洩了氣，想起方才被那陌生少年摟在懷裡的事，既羞且辱，後怕不已。一時情緒失控，跪坐起身子，一把摟住面前的薛敬就是一陣宣洩似的大哭。

她從來沒敢想過，平日軟糯乖順又靦腆的鄰家小弟，居然有能救自己於危難之時的一天。

薛敬剛將大黑喚回來，不防陶瑩忽然撲進自己懷裡，還摟著自己失聲痛哭，一時間瘦小的身板僵住，動也不敢動一下，生怕擾著她。

一股淡淡的少女馨香隨著擁抱飄進鼻端，薛敬的心忽然陷下去一塊，柔軟一片。

原來這就是女子，與姐姐不同的別樣女子。不似自家姐姐的那種果斷獨立，很能帶給他親近依賴的感覺。這個鄰家的大姐姐，此刻像是夏夜池塘裡悄然舒展的菡萏，溫柔又脆弱，雖然年紀比自己大，但是此刻的她卻很需要自己的保護。

她依賴自己，並且信任自己，哪怕自己只是個矮個子的小豆丁。

這是一種十分不同尋常的感覺。薛敬長這麼大，第一次體會到這種感覺。在家人眼裡，被保護的對象從來都是他。可只有他自己知道，自己其實並不如表面看上去那樣軟弱可欺。

在老宅時，他會懂得裝乖討爺爺的歡心，從而讓爺爺偶爾能發發善心，勸阻奶奶別太過於為難他娘和姐姐。後來分家後，姐姐去小貨棧寄賣桂花糕，他會一邊走路一邊念詩吸引村裡人的注意，再與他們搭話，順便提提姐姐的桂花糕。

為了不被村子裡同齡的男娃欺負，他一直都偷偷苦練彈弓，練到能比他們射得更遠、射得更準，讓大家都佩服他，再不會因為他個子小就來欺負他。

但這些沒有人知道。他明白自己還很小，也很弱，所以他並不強出頭。只做自己能做好的事，討大人歡心，從不會魯莽的逞強鬥狠。

他喜歡夫子教給他們的道理：含而不露。

在自己還沒長大之前，還沒有真正實力之前，他需要好好沈澱積累。

但是今日，此時，好像有人發現了他的堅強，並且毫不猶豫地依賴著他的堅強。這是一個不知不覺間，闖入自己神秘領域的女子。不是如姐姐那般的溫厚親情，而是一種異性帶給他的極為陌生而懵懂的感覺；新鮮、朦朧，充滿神秘感。

薛敬僵著身體，任由陶瑩摟著自己哭個夠。

待她漸漸冷靜下來，驚恐後怕得到緩解，身體抖得沒那麼厲害，他才抬起手，輕而緩慢地拍著陶瑩的背，默默安撫她的情緒。

陶瑩無意識的哭了一陣子，感覺到背上傳來的輕拍，立時回過神來。想起自己一個十五歲的大姑娘，跪坐在地，抱著一個十歲的小男娃在他懷裡哭，實在是有些丟人。

這才尷尬的鬆開薛敬，拿起腰間別的帕子擦乾淨眼淚。「敬、敬哥兒，今日之事……」她說了幾個字，覺得羞恥得難以啟齒，又停了。

薛敬一臉淡然，只道：「今日？今日什麼事也沒有。」對著陶瑩眨了眨眼，又補充道：「瑩兒姐姐遇到一條蛇，差點被咬，嚇哭了而已。」

陶瑩見他一個平日看著老實巴交的小娃，竟然雲淡風輕地扯了個謊，一時愣了。待想明白他的用意，心裡很是感激，對他點點頭表示感謝。

冷靜下來後，耳旁傳來「哈、哈、哈」的呵氣聲，陶瑩餘光一瞥，瞧見身旁蹲坐著伸著舌頭的大黑，想起什麼，狠狠地咬了一下嘴唇，問薛敬。「敬哥兒，你、你怎麼不讓大黑去咬那個壞小子！」

「若大黑咬傷了人，那今日之事便瞞不住了。」薛敬冷靜道。

陶瑩心裡一抖，暗道自己被嚇傻了，腦子懵懵的，此時還不如薛敬這個小娃清醒。幸虧大黑沒追著咬上去，不然她今日遇到的事肯定很快就會傳遍村子。

兩人相對，一時無言。只有微風捲過林間枝葉，偶爾發出的籟籟聲響。

陶瑩坐了片刻，覺得手腳恢復力氣，正打算站起來，林間忽然變得嘈雜起來。

兩人循聲望去，見到四、五個女子，被一個七、八歲的女娃領著向這邊跑來。

「姐姐們、嬸子們，快來！方才我就是在這裡瞧見，瑩姐兒被一個男娃強摟著不讓走的！」

陶瑩才恢復沒多久的臉色，在聽到那女娃這麼對來的幾位村婦和姑娘說時，登時又青白交加。

薛敬眼眸一暗，牽起陶瑩的手，對那小女娃說：「姚家妹妹，話可不能亂說。妳且看看，這四周哪有別的男娃？」

說完，拉了一下有些愣神的陶瑩，轉身快步往陶家的方向走去。婦人嘴雜，此時辯解，只會多說多錯，還是趕緊離開這裡，回家與長輩們商量再從長計議。

那女娃左看右看，見的確再無其他男娃，奇怪的撓撓臉。「怪了，我方才分明瞧見有個高個子男娃抱著陶瑩姐姐的！」

幾人對此議論紛紛，陶瑩和薛敬卻早已走遠。

那小女娃往前跟了幾步，看著矮個子的薛敬在前帶路，高個子的陶瑩順從地跟在他後面，兩人牽著手，瞧那樣子竟讓人感覺兩人十分親近。不知道的人，還以為他們倆是親姐弟呢。至少以往，自己很少見到安靜靦腆的薛敬，會在村子裡牽著他親姐以外的姑娘行走。

女娃抓抓頭，對於今日瞧見的事，腦子裡也是一團漿糊。

將陶瑩送回家，薛敬覺得此事必須得告訴她家的大人。萬一日後傳出什麼流言蜚語，也好讓陶家人有個防備。而且也不知那少年會否再返回來騷擾陶瑩，就靠他一個小豆丁，和大黑一隻半大的狗子，若想再護住她，仍十分勉強。

陶瑩經過方才的驚嚇和那些婦人跑來看見她後，一路上神情都很恍惚，顯得心事重重，臉色十分憔悴。

陶彩遠遠瞧見兩人牽著手疾步走來，陶瑩的衣衫上沾了不少泥土和落葉，頭髮也有些凌亂，不由得驚呼道：「姐姐，妳這是怎麼了？」

薛敬臉色凝重地對她搖搖頭，示意她先別問。「等妳們進了屋，關起屋門再說，先別聲張。」

陶彩難得見到薛敬這副小大人的嚴肅模樣，也猜到事態嚴重，趕忙緘口不語。

——未完，待續，請看文創風917《巧匠不婉約》下

2021年1月出版

安太座

文創風 914～915

眾人皆知過年安太歲為的是祈求來年平安、事事順利，
殊不知，安太座對一個男人來說，重要性可是不相上下的，
這部分，她就不得不稱讚一下自己的夫君了，
畢竟他可是把整個人都給了她，娘子說的話對他而言那就是聖旨，
因此即便他對經商一竅不通，是世人眼中的敗家子，那又如何？

芙蓉不及美人妝，水殿風來珠翠香／月小檀

棠槿嫿已經快兩天沒有吃過東西了，此前她何曾遭受過這種罪？
好不容易夫君得了個饅頭給她，結果她卻因狼吞虎嚥，活活給噎死了?!
死前一刻，腦中唯一的想法便是，她絕對不要再嫁給這不可靠的傢伙！
豈料上天雖然再給了她一次機會，但她只重生回到幾個月前而已啊！
生為富商的獨生女，嫁的又是富商獨子，她理應三輩子也吃喝不完才是，
偏偏她的夫君穆子訓打小嬌生慣養，公婆又太過溺愛，事事順著他，
於是公公驟逝後，不懂經商、甚至連帳本都看不懂的他，漸把家產敗光，
老實說，重生後的她不是沒想過離開他，再找個家境好點的男人嫁掉，
但嫁給他這麼多年來，他對她是真的好，就連沒有子嗣，他也毫無怨言，
有情郎難得，她既不忍離了他，看來養家活口的擔子只能自己挑起來了！
幸好她讓下田他就扛起鋤頭，叫他考功名他二話不說立即發奮苦讀，
況且眼下不是還有她嗎？她腦子轉得快，深知自古以來女人的錢最好賺，
於是，她開了間專賣胭脂水粉的店鋪「美人妝」，生意果然大好，
所以夫君只要繼續疼她、寵她、尊重她，其他鶯鶯燕燕皆不入眼她便足矣，
至於重振家業這種小事就交給她吧，她定會讓所有冷嘲熱諷的人閉上嘴！

2020年12月出版

廚娘的美味人生

文創風 912～913

一點甜蜜，一點酸澀，
適量笑容，少許淚水，
佐以很多幸福，
烹製出屬於他們的美味人生——

有愛美食不孤單／梅南衫

如果人生能重來，何葉想回到父母發生意外前，
但一陣暈眩後睜開眼，人生是重來了，卻不是自己的人生。
她還是叫何葉，卻成為業朝當代第一酒樓大廚的女兒，
不過整天待在房裡繡花、看話本，人生也太過無趣，
為了爭取到酒樓工作的機會，她先是開發以水果入菜的創意料理，
又提議酒樓舉辦廚藝競賽，開放顧客評分，刺激消費，
但父親不肯讓她參賽，何葉決定女扮男裝，偷偷報名，
沒想到那個幾乎天天到酒樓報到的貴公子江出雲，
一眼就看出她的彆腳偽裝，可他不但沒有拆穿，
還幫她向父親說項，讓她順利成為酒樓學徒。
本以為幫著父親研發新菜色，隨著父親受邀四處辦筵席，
就是她小廚娘生活的全部了，
沒想到奉旨進宮籌辦御宴，竟捲入宮廷鬥爭中——

2020年終幸福特別企劃

依舊愛妳，我的寶貝

【306期：漂漂】 主人 新北市／艾瑪

我家的漂漂原本生活在內湖動物之家，後來被一位中途帶出來照料長大，我則是看到中途的貼文，得知漂漂正在找主人，便認養回來。然而，之後因為個人因素考量；同時也想讓牠在更適合的環境空間裡成長，而不是經常被關在空間狹隘的陽臺，所以就想刊登認養訊息再幫牠找個理想的新主人。

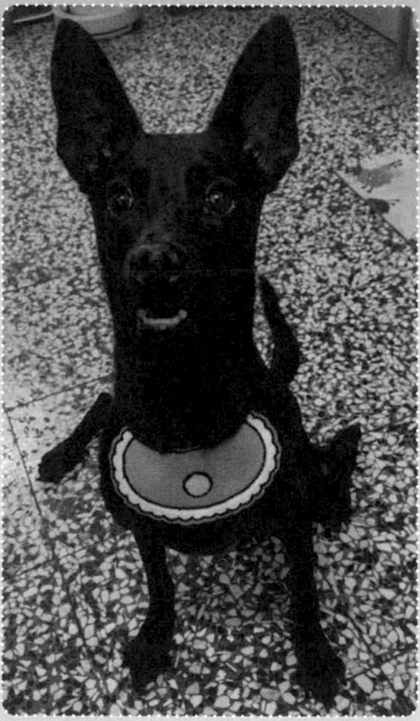

但經過一段時間，還是沒能如願找到新主人，所以經過協會志工的協商溝通下，我決定繼續養漂漂，因為養牠一陣子也有感情了……

說起漂漂，牠十分活潑機伶，也喜歡玩耍，所以我就利用「吃東西」這件事來訓練牠的技能，像是坐下、等待這一類指令，多半只要教兩、三次，基本上就學會並記住了，不過有時還是會不小心出包忘記一下的反應，也著實可愛啦！

如此聰穎又超健康的漂漂，實在也捨不得離開牠啊，儘管仍擔憂會咬家具的漂漂，是否能被我完全教好，不過無論如何，我不會再放手了，因為牠依舊是我最愛的寶貝。

我還在這裡等妳，親愛的主人

305期：QQ

現在的QQ已經長成熱情、活潑的漂亮妹妹啦！一見到人，牠喜歡扭著小屁股蹭過來撒嬌，同時再附上甜美的笑容，真是讓人覺得「Q」到不要不要的！這樣的萌妹子，您還在等什麼，趕快搶回家吧！

（聯絡人：陳小姐→leader1998@gmail.com）

307期：小黑皮

小黑皮是個非常喜歡撒嬌的小男生，愛發出咕嚕咕嚕聲，也很愛自high，到哪都能玩得很開心，厲害的環境適應力就是牠的優良保證。來吧！一起和小黑皮上山下海玩翻天～～

（聯絡人：陳小姐→leader1998@gmail.com）

308期：福山

外冷內熱的福山十分乖巧，是個很好的陪伴者，平時在家很安靜，不常吠叫，但是一發現有人回家，便會開心地去迎接，重點是擁有像福山雅治一樣的帥氣氣質，才取名叫福山唷！快來帶牠回家，當個現成的狗明星爸媽吧！

（聯絡人：林小姐→loan163_loan@yahoo.com.tw）

309期：小米

可愛溫柔的小米經常參加路跑送養會、草悟道義賣送養等活動，每次牠都非常聽話，乖巧地待在一旁。現在牠仍盼望有一個被寵愛的安身之處，守護新主人的每一天。

（聯絡人：張帆→gougoushan@gmail.com）

310期：小尾

安靜乖巧的小尾很有靈性，模樣似可愛的小狐狸，牠親人也親狗，常喜歡默默地坐在一旁陪伴，也喜歡將頭頂著人的手，示意要討摸摸。這小可愛非常適合做家庭陪伴犬，若您心動的話，就來會一會牠吧！

（聯絡人：張帆→gougoushan@gmail.com）

認養資格：

1. 須同意簽認養寵物切結書。
2. 須同意送養人日後之追蹤探訪，對待寵物不離不棄。

來信請說明：

a. 個人基本資料：姓名、性別、年齡、家庭狀況、職業與經濟來源等。
b. 想認養的理由。
c. 過去養寵物的經驗，及簡介一下您的飼養環境。
d. 若未來有結婚、懷孕、出國或搬家等計劃，將如何安置寵物？

文創風
916

巧匠不婉約 上

國家圖書館出版品預行編目資料

巧匠不婉約 / 賀思旖著. --
初版. -- 臺北市 : 狗屋出版社有限公司, 2021.01
冊 ; 公分. --（文創風）
ISBN 978-986-509-173-6（上冊：平裝）. --

857.7　　109019607

著作者	賀思旖
編輯	林俐君
校對	周貝桂
發行所	狗屋出版社有限公司
地址	台北市104中山區龍江路71巷15號1樓
電話	02-2776-5889～0
發行字號	局版台業字845號
法律顧問	蕭雄淋律師
總經銷	知遠文化事業有限公司
電話	02-2664-8800
初版	2021年1月
國際書碼	ISBN-13　978-986-509-173-6

本著作物由北京晉江原創網絡科技有限公司授權出版

定價260元
狗屋劃撥帳號：19001626
網址：love.doghouse.com.tw　E-mail：love@doghouse.com.tw